劳拉·埃斯基韦尔作品

La Ley del amor

爱情法则

[墨西哥] 劳拉·埃斯基韦尔 著 张琰 译

译林出版社

图书在版编目(CIP)数据

爱情法则 / （墨）埃斯基韦尔著；张琰译. —南京：译林出版社，2015. 12
（劳拉·埃斯基韦尔作品）
ISBN 978-7-5447-5144-5

Ⅰ. ①爱… Ⅱ. ①埃… ②张… Ⅲ. ①长篇小说-墨西哥-现代
Ⅳ. ①I731. 45

中国版本图书馆CIP数据核字（2014）第270085号

La Ley Del Amor by Laura Esquivel
Copyright © 1995 by Laura Esquivel
Illustrations copyright © 1995 by Miguelanxo Prado
Published by agreement with Casanovas & Lynch Agencia Literaria, through The Grayhawk Agency.
Simplified Chinese edition copyright © 2015 by Yilin Press, Ltd
All rights reserved.
著作权合同登记号 图字：10-2012-293号

本著作之中文简体字翻译权由皇冠文化集团独家授权使用。

EMI Music Publishing: Lyrics to "Burundanga" by Rafael Oscar M. Bouffartique. Copyright © 1953 renewed 1981 Morro Music Corp. All rights controlled and administered by EMI Catalogue Partnership, Inc. All rights reserved. International copyright secured. Used by permission.

Liliana Felipe: Lyrics from "Mala", "A Nadie", "San Miguel Arcángel" and "A Su Merced" by Liliana Felipe are reprinted by permission of Liliana Felipe / Ediciones El Hábito.

Universidad Nacional Autónoma de México: Poems from *Trece poetas del Mundo Azteca* by Miguel León-Portilla are reprinted by permission of the publisher. Copyright © Secretaría de Educación Pública. All rights reserved.

书　　名　爱情法则
作　　者　[墨西哥] 劳拉·埃斯基韦尔
译　　者　张　琰
责任编辑　金　薇
原文出版　Random House, Mondadori, S.L., 1996
出版发行　凤凰出版传媒股份有限公司
　　　　　译林出版社
出版社地址　南京市湖南路1号A楼，邮编：210009
电子邮箱　yilin@yilin.com
出版社网址　http://www.yilin.com
经　　销　凤凰出版传媒股份有限公司
印　　刷　江苏凤凰通达印刷有限公司
开　　本　880毫米×1240毫米　1/32
印　　张　9.625
插　　页　1
字　　数　182千
版　　次　2015年12月第1版　2015年12月第1次印刷
书　　号　ISBN 978-7-5447-5144-5
定　　价　48.00元
　　　　　译林版图书若有印装错误可向出版社调换
　　　　　（电话：025-83658316）

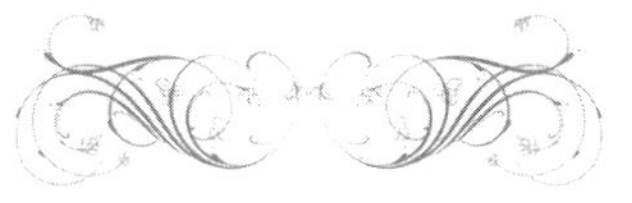

献给桑德拉

献给哈维尔

目录

1 ···································· 001
2 ···································· 017
3 ···································· 023
4 ···································· 037
5 ···································· 061
6 ···································· 067
7 ···································· 077
8 ···································· 103
9 ···································· 111
10 ···································· 127
11 ···································· 147

12 …… 163

13 …… 169

14 …… 193

15 …… 199

16 …… 225

CD曲目 …… 245

演出者 …… 248

1

我醉了,因哀伤而哭泣,
思索,言谈,
心里有了发现:
但愿永远不死,
但愿永不消逝。
彼端,没有死亡,
彼端,征服了死亡,
让我去到那里。
但愿永远不死,
但愿永不消逝。

"墨西哥谣歌集",17v
内萨瓦尔科约特尔
《阿兹特克世界的十三位诗人》
米格尔·莱昂—波蒂略

死去的人什么时候才真正死去？被人遗忘的时候。一座城市什么时候才真正消逝？当它不再存在市民记忆里的时候。那么爱情又是什么时候结束的？当一个人开始新恋情的时候。这一点是毫无疑问的。

埃尔南·科尔特斯决定在古特诺奇提特兰城的遗址上重建一座城市，就是这个原因。他判断当下情势所花的时间，和握紧利剑刺穿胸膛直达心脏中央的时间相同：只有一秒钟。在战役当中，短短一秒钟可以决定是闪过一剑或是中剑身亡。

在征服墨西哥的战争中，只有能瞬间反应的人才能活命。这些人因为太贪生怕死，所以会把全部的本能、反射和感官能量发挥出来，听凭恐惧的使唤。“恐惧”成为他们一切行动的指挥中心。这个指挥中心就位于肚脐后方，它能够比脑子更早接收到气味、影像、触感、声音及味道所发出的感官信号。这些感官信号被在千分之一秒内处理完毕，再传送到大脑，随之产生一串明确的动作。完成这一切动作的时间还不到求生所必要的那一秒钟。

在“征服者”们的身体迅速获得反应能力的同时，新的知觉也在迅速发展。它们学会去预料敌人自后方的攻击、学会在鲜血喷洒出以前就嗅到腥味、学会在对方开口说出第一个字之前就察觉背叛的企图，更重要的是，学会如同最敏锐的神谕般预见未来。因此，在科尔特斯看到一个印地安人在一座古金字塔遗迹前吹起海螺号角的同一天，他就知道他不能任由这座城市变成废墟。迟早会有一天,怀旧之情会促使印地安人重新集结,以夺回他们的城市。现在一点时间都耽误不得。他必须把伟大的特诺奇提特兰所有痕迹从阿兹特克人的记忆中消灭。他必须趁还来得及的时候赶紧建一座新城。

科尔特斯没有考虑到的是,石头中蕴藏一种真相,眼睛看不出来。它们本身拥有一股力量,你看不见,但却感觉得到,这股力量任凭房屋或教会都限制不了。在科尔特斯新获得的知觉能力中,没有一种可以细致精确地感受到这股力量。它太隐晦了。由于不可见,使它有绝对的流动性,使它可以悄悄地在金字塔高处打转,不被注意。有些人感觉到它的影响,却不知道该怎么辨别分明。最严重的例子是罗德里戈·迪亚斯,这人是科尔特斯的勇将之一。他和同僚破坏金字塔之时,也绝对想象不到他命中注定和这些石头的接触,会带给他什么样的后果。即使有人警告罗德里戈,说那些石头具有强大的力量,会改变他的命运,他也不会相信,因为他只相信自己的双手能攫住的、实实在在的东西。有人告诉他说有一座金字塔是昔日印地安人用来举行仪式、纪念某位爱情女神的,他却只是一笑。他绝不肯承认这位女神的存在,更不用说相信金字塔还具有神圣的力量了。人人都同意他的看法,于是决定那里甚至都用不着再建一座教堂。科尔特斯不假深思就把金字塔所在的土地赐给罗德里戈,好让他在上面建立自己的房舍。

罗德里戈是个快乐的人,靠着战场上的成就,凭着砍断手臂、鼻子、耳朵、脑袋的狠劲赢得使用这片土地的权利。他亲手杀死了约两百名印地安人,因此他很快就得到了奖赏:紧邻城里四条运河中一条的大片土地,这条河日后会成为通往塔库巴的路。罗德里戈本想选在更气派的地点上建屋,甚至是在大庙的遗址上,但因已有计划要在大庙旧址建大教堂,所以他也就强迫自己将就这块比较不那么神气的地点了。不过,为了补偿他因土地不在市区中心上好的区域中——正如其他将领那样——不能亲眼见证“新西班牙”诞生的遗憾,他获得了随同土地而来的五十名印地安人,齐莱丽就是其中之一。

齐莱丽出身于特诺奇提特兰的一个高贵家族,自小接受和一般人不同的教育,因此态度中不见屈从,反而是近乎不驯的骄傲。她臀部优雅的摆荡使空气中承载着情欲意味,空气像水波般一圈圈向外扩散。这种能量的移动像一颗石子投进平静的湖面后水波的推动。

罗德里戈在一百码外就感觉到齐莱丽在靠近。他能在征战中存活,不是没有理由的!他有种敏锐的能力,可以侦测到不寻常的动作。于是他放下手中的事,想要找出危险的源头。从他所在的金字塔高处,他可以看到附近所有事物。他立刻就把目光集中在走向他土地的那一排印地安人身上。最前头的一个就是齐莱丽。罗德里戈当下就明白那令他困扰的动作来自齐莱丽的臀部。他完全解下了武装。这是一项他不知该如何面对的挑战,所以他索性成为她臀部施展出魔咒的俘虏。这一切都发生在他两手正要搬开“爱情金字塔”塔尖冠石之时。但就在他要搬动之前,金字塔所产生的强大能量在瞬间穿流过他的血脉。那是一阵电光火石,令人目眩,也使他眼中所见的齐莱丽不再只是个单纯的印地安女仆,而是爱情女神本身。

罗德里戈从未如此渴望过任何人,更不用说印地安女人了。他无法解释是什么迷了他的心窍。于是他急匆匆地搬完了石头,等待她的到来。一待她走近,他再也无法压抑自己。他下令其他印地安人全部挪到这块地方的后面,之后他当场强暴了她,那里正是昔日神庙的正中央。

齐莱丽表情木然,双眼大睁,注视着反映在罗德里戈绿色眼睛中自己的身影。绿呀绿,是她从前还是个孩子时所见到的海水颜色。那海至今仍然让她恐惧。好久以前她就感觉到隐伏在每一道波浪中那股庞大的毁灭力量。从她得知白皮肤人会从那无边无际的海洋彼方来到之后,她就生活在恐惧之中。如果他们拥有统治海洋的力量,那么他们当然也具有相同的毁灭力量。她果然没有看错。大海终于来到,要摧毁她世界的一切。她感觉得到在她体内那愤怒的撞击拍打。就算是罗德里戈肩头后方那片天空的重量,都不能使大海疯狂的动作暂停。海水咸湿的浪花在她体内像火一般焚烧,而海浪的拍击使她晕眩欲呕。罗德里戈进入她体内,就像他在生命中的前进一样,充满了暴力。

他前些时候来到这里，那时正是特诺奇提特兰陷落前多场战役中的一场。齐莱丽在当天生下她的儿子。由于她是贵族出身，所以纵然她的族人和西班牙人战事正猛，她依然受到严密的照料。她的儿子来到这个世界，迎向他的是兵败之声，是一个垂死的特诺奇提特兰城的呻吟。照料她的接生婆祈求神祇们赐予他幸福，作为这来得不是时候的孩子的补偿。众神必定早已预见这孩子最好的命运并不在这个世界上，因为当接生婆将小娃娃递给齐莱丽抱住之时，这位做母亲的头一次搂抱他，却也是最后一次。就在这时，罗德里戈已杀死皇宫警卫，冲到她面前，一把抢下她怀中的新生儿，重重摔在地上。他又抓住齐莱丽的头发将她拖了一小段路，然后拿刀刺向她。最后他把接生婆伸出来挡住他的手臂砍下，再一把火烧了整座宫殿。

但愿我们能够决定自己死的时刻。如果如此，那么齐莱丽就会选择那一天为死期，就是她丈夫、儿子、家园、城市全都死亡的那一天。但愿她的双眼从没有亲见伟大的特诺奇提特兰城笼罩在荒凉颓败中。但愿她的耳畔从没有海螺号角的沉默回响。但愿她所行走的土地上没有发出沙石的沉闷回音。但愿空气中没有浓烈的橄榄气味。但愿她的身体从没有感觉到另一个这么令人憎恶的身体在其中。但愿罗德里戈离开时将那海水的气味也一并带走。

此刻，当罗德里戈站起来，正整理衣裳时，齐莱丽恳求众神赐给她力量，让她活到这个男人痛悔的那一天，他不只是玷污了她，更亵渎了爱情女神。因为他不可能犯下比在如此神圣之处侵犯她更罪大恶极的暴行了。齐莱丽深信女神必定大为震怒。她感觉到那股力量在她体内流动，更因罗德里戈野蛮的欲望而持续着，但这股力量却一点也不似爱的力量。这是一种她从不知道的残暴力量。从前，当金字塔仍然屹立的时候，齐莱丽曾参加金字塔高处举行的一次仪式，当时所产生的影响是完全不同的。也许这种差异出自金字塔塔顶已被夷平，不再有塔尖冠石这个事实，使得那股情爱能量四处狂窜，毫无秩序可言。可怜的爱情女神：她当然感到和她忠实信徒齐莱丽同样的羞辱和玷污，她当然不只授权给她，更急切地等待复仇时刻的到来。

齐莱丽已经决定，要达到这个目的，最好的方法是将她的怒气发泄在罗德里戈所爱的人身上。因此有一天当她得知很快会有一位西班牙女郎要来与罗德里戈结婚时，她可真是高兴。齐莱丽推测，如果罗德里戈打算结婚，那必然是因为他爱上什么人了。但她不知道他之所以要结婚，只是因为要完成委任状上的要求，委任状上载明了为打击偶像崇拜，必须在接获皇室许可起六个月内开始建立一座教堂，他也必须在十八个月内盖好官邸，将妻子迎娶进门，或是在同一时间内成亲。因此，一等房子盖得差不多可以住人了，罗德里戈就前往西班牙迎娶堂娜·伊莎贝尔·德·贡戈拉为妻。他们立刻举行了婚礼,而齐莱丽则被编派为侍女。这两个女人的第一次接触既谈不上愉快也谈不上不愉快,因为她们始终没有见上面。

两个人要见面,必须在同一个地方,但是这两个女人并不住在一起。伊莎贝尔依然住在西班牙,齐莱丽依然住在特诺奇提特兰。两人无从见面,沟通就更不可能,因为两人操的语言并不相同。两人在对方的眼中都认不出自己。两人周围环境也不一样。两人都无法明白对方说的是什么。这并不是理解与否的问题,而是关乎于心的问题,因为字句的真正意义是从心里发出的。而两个人的心却都是紧闭的。

对伊莎贝尔而言,特拉特洛可是个蜂拥着印地安人的肮脏地方,她只为备妥日用品才不得不去那里,想在那里找到番红花粉或是橄榄油,几乎是不可能的事。对齐莱丽而言,特拉特洛可是她小时候最爱去的地方,不单是因为她可以在那里品味丰富的气息、色彩和声音,更因为她可以亲眼看到一个神奇的景象:一个所有孩子都称呼他为提欧——实际上他的真正名字是提欧库卡尼,也就是“神圣歌者”——的男人,会让小小的神祇在他的手心跳舞。他亲手塑的这些泥偶神祇会说话、会打仗,还会用海螺号角声、咔嗒声、鸟鸣、雨声、雷声等唱着歌,这些声音全都发自这个人惊人的声带。齐莱丽只要听到“特拉特洛可”这个词,心中立刻就会浮现这些影像,正如同“西班牙”这个词听在耳中就会在她灵魂上覆上一片漠然一般。

对伊莎贝尔而言,情形恰恰相反:西班牙是她所知最美丽的地方,“西班牙”这个词的意义最为丰富。它是平原上的青草,她有数不清的时刻是躺在草地上仰望天空的;它是海边吹拂的风,将片片云朵吹过山头。它是笑声、音乐、美酒、野马、新出炉的面包、太阳下展开晾晒的床单;它是平原的静寂与沉默。浪涛声和夏蝉鸣叫使这阵静寂和沉默更为深沉,而伊莎贝尔就在其中想象她的理想情人不下一千次,西班牙意味着太阳、温暖和爱情。但对齐莱丽而言,西班牙是罗德里戈学会杀人的地方。

这种联想上的巨大差异出自她俩大相径庭的成长体验。伊莎贝尔要住在特诺奇提特兰很长时间,才会明白你说“阿威威多”这话是什么意思,才会明白在参加完祭祀典礼之后,在这种植物的树荫下休息是什么感觉。齐莱丽也必须生在西班牙,才会知道坐在橄榄树丛中凝视羊群是什么样的感觉。伊莎贝尔必须吃玉米饼长大,才不会受不了饼的潮湿味。齐莱丽必须长在一个充满新烤面包香味的地方,才会欣喜于它的味道。而两个女人都必须不那么骄傲,才能摒除所有将两人分离的阻碍,并且发现两人许多的共通之处。

她们走在相同的小径上,同一个太阳给予她们温暖;同样的鸟群将她们唤醒;她们被同一双手所爱抚,被同一张唇所亲吻。然而她们却找不出一个接触点,即使在罗德里戈身上。伊莎贝尔把罗德里戈看成她在西班牙时早就想拥有的男人,在齐莱丽看来,他只是杀害她儿子的凶手。但是两个女人都没能看出他真正的模样，因为罗德里戈不容易看穿。他身体里有两个人。他只有一条舌头，但这舌伸进齐莱丽和伊莎贝尔的嘴里，却是以相当不同的方式。他只有一个声音，但是他的语气对一人而言像是爱抚，对另一人而言却像是攻击。他只有一双绿色眼睛，但这双眼睛对一人而言像是一片温暖而平静的海洋，对另一人却像是浪涛不断的翻滚的海洋。不过这片海洋倒是一视同仁地分别在伊莎贝尔和齐莱丽的子宫里孕育出生命。只有伊莎贝尔怀着喜悦等待儿子的降临，齐莱丽却是怀着恐惧守候。她会拿掉胎儿，每次罗德里戈让她怀孕，她都这么做。让一个一半印地安、一半西班牙血统的小孩来到这个世界，她受不了。她不相信一个生命可以安然容许这两种如此不同的性质存在。那会像是诅咒她的孩子经常要和自己交战，永远站在十字路口彷徨，那样的日子根本称不上是生活。

罗德里戈本人比任何人都要清楚这一点。他必须将自己的身体分成两个罗德里戈。每一个罗德里戈都想争夺他内心的掌控权，因此他的心境会因向哪一方倾斜而完全改变。对伊莎贝尔，他表现得有如一阵微风，但是和齐莱丽在一起，他那狂放不羁的热情、顽强的欲望、灼人的肉欲，全都会使他像只发情的雄性动物。他不断尾随她、围困她、突袭她、逼她到角落，但是一天天过去，她却像是更加遥远。

在征战中，他的敏锐知觉使他活命，但此时却要他的命。他睡不着、吃不下，除了让自己迷失在齐莱丽的身体里，什么也不想。他活着只是为在空气中测知她臀部充满肉感的摆动。她的一举一动，不论多么细微，全都逃不过罗德里戈的注意，他会立刻感应到，于是一种焦灼的急切感就会迫使他去与这个来源合而为一，去使自己在她双腿间释放重负，去和齐莱丽在任何地方躺卧，不论日间夜里跨上她的身体，寻求发泄。他没有一天不是一再引诱她的。他的身体需要休息，因为他再也受不了了。就算是夜里，他也找不到一个喘息的机会，因为只要她在草席上翻个身，她臀部的动作就会发出一阵波，以狂猛巨浪的力量席卷了他。他就会起床，箭矢般冲向她。

罗德里戈以为没有比这更好的方法表示他对齐莱丽的爱，但是齐莱丽却不作此想。她默默隐忍他的攻击，从不回应他的热情。他对她的灵魂仍然一无所知。她只有一次尝试和他沟通一件事，向他求情，不幸的是，就那一次罗德里戈却没办法满足她的愿望。

那天傍晚，齐莱丽正在阳台浇花，忽然看到一群人拖着一个双手被砍掉的疯汉往前行进。当她看出那人竟是提欧，那个她小时候在特拉特洛可的市场里让泥偶神祇在手上跳舞的人时，她的心都凝住了。他是在战争中被逼疯了的，后来人家发现他四处流浪，对着一群群的孩童唱歌，舞动那些泥偶。此刻他被带到正在罗德里戈家享用餐宴的总督面前，要决定他的命运。他的双手已经被砍掉，好确定他再也不会违背禁止泥偶的皇诏。总督听完这个案子，立刻决定这个疯汉的舌头也必须割下，因为大家都知道他以纳乌阿图语说出煽动的字眼，鼓动人民反叛。

齐莱丽用眼神恳求罗德里戈能对提欧大发慈悲，但是罗德里戈却左右为难。总督来拜访他，正是因为有许多令人震惊的报告，说罗德里戈对他的印地安仆役太宽大了，他的邻居们也都亲眼看见他对齐莱丽是少见的纵容。而总督也暗示威胁要收回他的印地安人，以及其他靠他在征战中赢得的荣耀和特权。所以此刻罗德里戈无法替这个印地安人求情，因为如此一来，他就要冒着被指控鼓励当地人崇拜偶像的罪名，这项罪名相当严重，足以使他的印地安仆役被撤回，而罗德里戈最不愿意冒的险就是失去齐莱丽。因此他垂下目光，假装没看见她眼中的恳求意味。

为了这件事，齐莱丽永远也不愿原谅他。终其一生，她没有再对他说过一个字，而她也将自己永远关在自己的世界中。

于是这幢房子就这么住着些从不沟通交流的人了。这些人无法看到彼此、听到彼此、爱着彼此；他们彼此排斥，因为他们认为彼此都属于迥异的文化。他们从未发现这种排斥的真正理由。真正的理由始终不被人所见，它发自建造“爱的神殿”以及日后在神殿遗址上建造房舍所用的石块中隐匿的力量；它也发自金字塔的烦恼中，因为金字塔只是在等待适当时机，好摆脱那些外来的石块，重获平衡。

齐莱丽的境况也类似金字塔，只除了一点，就是，对她而言，重拾平衡并不表示要摆脱石块，而是寻找一个报复的方法。幸好她用不着等很久。伊莎贝尔生了一个美丽的金发男孩。生产过程中，齐莱丽一步也没有离开她身边，而婴儿刚捧在接生婆手中时，齐莱丽就接过来，呈给罗德里戈，这时她假装被绊倒，让婴儿掉落地上，当场死亡。婴儿摔到地面时，齐莱丽的救生绳也随之松脱了她的手。

如今她在世上的时日随时会告终，伴随着的是伊莎贝尔的哀号和悲痛，她的生命已不再属于她。在当时的混乱状况下，罗德里戈抓着齐莱丽的头发把她往外拖，在别人都没来得及反应之前将她带离现场。他不容许别人的手去伤害她，只有他可以让她死得体面。齐莱丽是在劫难逃了，这一点他很清楚，但是他也知道，这具他时常拥在怀中的躯体，这具他多么熟悉、多么渴望且亲吻多次的躯体，是该有个充满爱意的死亡的。罗德里戈怀着无比的哀伤抽出匕首，像他看到的阿兹特克祭师进行活人献祭时那样，划开齐莱丽的胸膛，捧起她的心脏，吻了又吻，最后一把扯出来，丢向老远的地方。事情发生太快，齐莱丽丝毫没有感觉到疼痛。她的面容平静安详，她的灵魂终于能够安息，因为她已经复仇了。但是她永远也不会明白的是，她的复仇并不是杀死新生儿，而是做了一件求死的行为。因为她是借由她自己的死而达成她初遇罗德里戈后始终渴望的目的：要他痛苦哀号。

伊莎贝尔几乎和齐莱丽同时死亡，她还相信罗德里戈是见到儿子死去而发了狂，一怒之下残暴地杀死了齐莱丽。这是别人在她耳边轻声告诉她的，别人也只告诉了她这些。因为没有必要告诉一个垂死的女人说，她丈夫杀死齐莱丽后立刻也自杀了。

可不可能，这块大地，是我们唯一的居处？
我只晓得受苦，因为我们只在苦痛中生存。
我的血肉将会重新
播种于我父与我母体内？
我将会有玉米穗的外观吗？
我将会藏身水果中再次跳动心脏吗？
我哭泣：此处无一人；他们已成为孤儿。
我们仍然活在
我们重聚之处吗，
会不会是我们的心相信如此？

"墨西哥谣歌集"，13v
内萨瓦尔特约特尔
《阿兹特克世界的十三位诗人》
米格尔·莱昂—波蒂略

2

“巴兰哥利库提利米库阿洛”的金字塔

被“巴兰哥利库提利米库阿洛”化。

谁能让它们不被“巴兰哥利库提利米库阿洛”化，

谁就是伟大的非“巴兰哥利库提利米库阿洛”化者。

做守护神不容易，做艾苏其娜的守护神阿纳克雷翁特更难，因为艾苏其娜从来不听从理智的安排。她习惯照她自己神妙的方式行事，而我告诉你，她那所谓的“神妙”方式可一点也不神。她根本就不承认有任何比她意志更高超的意志存在，所以从不听从任何命令，除非是出自她的意愿所下的命令。我们可以这么说：为达目的，她才不管什么呢！你尽管去把神的意志抛到天国去！更过分的是，她好大的胆子，竟然决定她应该见到她的“绝配灵魂”，因为她已经受够了苦，可不想再去等另一世。她沉着而顽强地办妥一切必要的公文手续，说服那些官僚让她和罗德里戈接触。

我不是在批评她,我倒觉得这似乎是个好主意。她知道如何倾听自己内心的声音,并且靠着顽强的意志力消除一路上的各个障碍。所以她深信她之所以胜利,是因为她的胆子大,可是这一点她错了。如果每件事都能如她意,那只是因为她内心的声音恰好吻合了“神意”、吻合了宇宙秩序——在这个宇宙秩序当中,每个人都有一个位置,而且这个位置唯有我们可以有。当我们找到这个位置,一切都和谐无比,于是我们沿着生命之河顺利前行,至少在遇见阻碍之前畅行无阻。因为即使是有一块石头放错了位置,它都会阻碍了水流,使河水停滞、发臭。

在“真实”世界中找出混乱无序很容易,难的是去发现隐藏在事物中看不见的秩序。有这种力量的人不多,艺术家是其中之一,他们是至高无上的“调和者”。他们以其特殊的感知能力决定在画布上哪些地方涂上黄色、蓝色和红色;哪些地方有音符,哪些地方是静默;一首诗的第一个字该是什么。他们将这些地方拼凑起来,指引他们的,唯有内心的声音,它告诉他们“这要放这里”或“那个不能放那里”,一直到最后一部分也得其所位。

这种色彩、音乐或文字上预先决定了的秩序,代表艺术品会达成一种目的,一种超越其创造者单纯的满足境界的目的。它意味着在这件艺术品尚未完成之时,就已经在人类灵魂中被赋予了一个独特位置。因此当诗人吻合“神意”去安排诗中文句时，他也就调和了我们每个人心中的某样事物，因为他的作品是与一种宇宙秩序相协调的。如此一来，他的创作将会毫无阻碍地贯通我们血脉，造成一种强大的合而为一的联系。

如果说艺术家是至高无上的"调和者"，那么同时也有一些彻底的"破坏者"——他们认为自己的意志是唯一重要的意志，并且拥有能力使其意志变得重要；他们相信他们有权去决定他人的命运。他们以谎言代替真实，以死亡代替生命，并在我们心中以仇恨代替爱，而一再地阻碍生命之河的流动。

心当然不是长存仇恨的适当之处，但是它又应长存于何处？我不知道。这是宇宙许多未知之一。众神似乎以把事情弄乱为乐，因为它们没有创造一个特定的地方存放仇恨，以致引发永远的混乱。仇恨永远都在追寻一个藏身处，强占预留给别人的位置，也总是一成不变地赶走了爱。

而大自然却又和众神不一样，坚持要有秩序——甚至坚持到神经质的地步——觉得有必要介入其中，将一切整顿归位，以维持平衡。它不会允许仇恨永远藏在心中，因为仇恨的力量会阻遏爱的流通，还有一种严重的危险——灵魂会和死水一样，也会变腐变臭。所以每当仇恨停留在心中时，大自然都会尝试把仇恨消除。

如果大自然是因为失误或疏忽而做到这点，那倒是相对容易。在大多数情况下，你所需要做的只是接触一个"调和者"创作的作品，在接触的过程中，你的灵魂可以脱离肉体：

经由色彩、音符、形式的微妙冶炼，灵魂可以提升到更高层次。另一方面，仇恨的力量十分沉重，无法探知微妙之处，所以不能随着灵魂提升，而依然留存在肉体中，但是既然其宿主已使肉体成为空城，于是它决定迁往别处另谋出路。待灵魂重回肉体，肉体中便有足够的空间让爱重返心中。

真正的问题是，仇恨被一个“破坏者”经由有意的设计而深植我们心中，例如我们因为受到抢劫、折磨、谎言、背叛、杀害而受到伤害之时。在这种情况下，消除仇恨的唯一方法是由攻击者本人消除。这是“爱的法则”所规定的：引起宇宙秩序失衡的人，是唯一能恢复其平衡的人。在几乎所有情况中，要做到这一点，一世是不够的，因此大自然给了我们“转世再生”，好让“破坏者”有机会弥补他们闯下的祸。当两个人之间存有仇恨时，生命会将两人尽可能凑在一起，使仇恨消失。他俩会一世又一世地靠近，直到他们学会如何去爱对方为止。而到了有一天——或许是过了一万四千世之后——他们对“爱的法则”了解得够了，于是便可以见到他们的“绝配灵魂”。这是人类在生命中所能期望获得的最高报酬，每个人都会有的，只是要等到一定的时间。

而我那亲爱的艾苏其娜所不了解的，却正是这一点。她与罗德里戈见面的时刻终于到了，但是两人共同生活的时间却还没到。首先，她最好是克制一下自己的情绪，而他也有些未解决的债要去还。他必须先去处理好几件事，才能够与她重聚，长相厮守，而艾苏其娜也必须去帮助他。为了人神都能蒙利，让我们希望一切都能圆满顺利。

但是我知道这有多么困难。为了成功达成使命，艾苏其娜会需要许多协助。身为她的守护神，我有义务帮助她；而身为我的被保护人的她，应该听话，遵照我的指示去做。偏偏这就是最困难的地方。她根本不在意我的话。我花了五分钟的时间向她解释，叫她必须关掉她公寓周围的保护气场，好让罗德里戈进去，而我好像在跟一堵墙说话似的。她对和他见面兴奋得不得了，对我的建议根本听不进去。好吧，我们来看看那个可怜的家伙会不会一进门就被打败。

不过至少这不是我的错。我已经告诉她一千遍她该做些什么了，可是——她听也不听！而我最担心的是，如果她连这么简单的命令都不听，那么当她的生命悬于命令之上的时候，她会怎么样？不管怎么说，愿神的旨意永存！

3

艾苏其娜公寓警铃大作,这时她才明白阿纳克雷翁特想要告诉她的是什么。她完全忘记要关掉警铃了！这可严重了,因为罗德里戈的气息并没有注册在保护她住所的电磁系统中。如果她不立刻关掉警报器,这套装置就会把他当成不明人物处理,如此一来他的细胞就无法正确无误地在气息话亭内重建。都已经等了这么久的时间,她怎么还会做出这么笨的事！在最好的情况下,罗德里戈也会冒着被分解二十四小时的危险。现在她只有十秒钟的时间。幸而爱的力量可以战胜一切,而人在紧急情况下的能量也真是惊人。在一瞬间,艾苏其娜已经穿过客厅,关掉警报器,回到气息话亭门口,还剩下一些时间整理头发,摆出最美的笑容,以欢迎罗德里戈的到来。

罗德里戈却见不到这个笑容,因为当他目光定在她眼睛上时,最最美好的接触便开始了:这便是"绝配灵魂"的相遇,在这种相遇中,身体上的特征反倒成了其次。这对情人目光的热度融化了肉体加诸的阻碍,产生一种共同的灵魂冥思——因为这两种灵魂是一模一样的，所以会将对方的视同自己的。这种认知产生在人体的力能接收器上，这种力能接收器被称为“恰卡拉斯”。人体有七个恰卡拉斯，每个恰卡拉斯相当于乐谱上的一个音符，也相当于彩虹中的一种颜色。当一个恰卡拉斯受到“绝配灵魂”产生的力量所引发时，它会以最大潜能振动，因而发出声音。由于各恰卡拉斯都会发出回响，而其绝配的恰卡拉斯也会发出共鸣，于是这一模一样的两个音调就会产生一种幽微的力量，穿过脊柱，上达脑中枢，再向外扩散，有如一阵色彩雨点般落下，将气息从上到下氤氲渗透。

在两人灵魂的交合过程中，艾苏其娜和罗德里戈用他们各自的恰卡拉斯一再重复这个过程，直到他俩的“气场”形成一道完整的彩虹，而他们的恰卡拉斯也奏出一首美妙的旋律为止。

灵魂各异的身体交合与绝配灵魂的身体交合，这两者之间的差异非常大。前者会有一种身体占有的急迫，因而不论两人关系有多么密切，总是会受到身体的左右。无论两具躯体有多么亲密，两者的灵魂永远无法达到完美的契合，顶多能体验到一种极度的身体快感，但也仅止于此。

在绝配灵魂的情况下，就非常有趣了，因为灵魂的融合十分完整，在所有层面中都在发生。正如同男女身体的配合，双方身体的原子之间也有地方是要让绝配灵魂的力量填满的。在这种交互的渗入当中，各空间既被包容也去包容对方：

如流泉与水、刀剑与伤口、月与日、海水与沙滩、阴茎与阴道。穿透空间的感觉唯有被穿透的感觉可以比拟;润湿对方的感觉唯有被润湿的感觉可以比拟;吸吮的感觉也唯有被吸吮的感觉可以比拟。而当身体内所有原子间的空间全都去填满对方或被对方填满以后——两者的效果是相同的——接着就是深沉、强烈、持久的高潮。这时已经没有任何东西能将两个灵魂分开,因为两者已经合二为一。当他们被回复到这最初始的状态时,他们也就了解了实情:彼此都能在对方脸上看到二人相逢前一万四千世生命中对方的脸孔。

这时,艾苏其娜已不再知道谁是谁,或她身体中哪一部分是属于她,哪一部分是属于罗德里戈的。她感觉到有一只手,但是不知道是他的手还是她的手。她也不知道谁在里、谁在外;谁在上、谁在下;谁在前、谁在后。她只知道她和罗德里戈已成为一体,而在高潮的抚慰下,正随着星际的音乐节奏在太空间欢舞。

艾苏其娜重返现实,在她床上发现有一只陌生的脚搁在自己脚上。她立刻知道这只脚不属于她,却也不是罗德里戈的。罗德里戈必定也看到了,因为他俩一起尖叫了起来:两人之间躺着一具死尸。

不会有比这更粗暴的重返现实的方式了。他俩的蜜月套房突然间挤满了警察、记者和好奇的旁观者。亚伯·查布洛道斯基一手拿着麦克风，正坐在艾苏其娜这一边的床上访问美国星际总统侯选人的竞选干事，侯选人才刚刚被刺杀。

“你知不知道可能是谁杀了布什先生？”

“我毫无头绪。”

“你认为这次刺杀事件是扰乱美国安定的一项阴谋吗？”

“很难说。这个怯懦的刺杀行为已绝对震撼了我们的良知，而我也和地球上所有居民一样，只能哀悼一个事实，就是暴力已经重返，在我们头上投下阴影。我想利用这个机会公开表达我对此类行为的谴责，并要求星际总检察长立刻对这件罪行的犯案原因展开调查，并查明主使者的身份。今天确实是让我们全体哀恸的一个日子。”

总统竞选干事和全世界每个人一样，被这件事吓呆了。犯罪行为在地球上已经消失了一个多世纪，而这件无法解释的行为却预告了暴力年代的重返，而每个人都认为暴力年代早已远去。

艾苏其娜和罗德里戈过了一会才从惊吓中回过神。罗德里戈不明白是出了什么事，不过艾苏其娜明白：她忘记关掉“虚拟实境机”上的警报器了。于是她伸手到床头柜上，拿到遥控器把它关了。凶杀现场所有人的影像立刻消失，只是他们口中发出的苦味却仍然遍布房内。艾苏其娜觉得恶心想吐。她并不习惯面对暴力，更不用说是以如此粗暴而直接的方式面对。

虚拟实境的技术是将观者移往新闻事件的发生地点，将人置于事发现场。说来是很奇怪的，艾苏其娜买这部机器正是因为这个原因，因为在气象报告进行中醒来是一件非常愉快的事。她可能发现自己置身在地球或银河中的任何地方。她可以欣喜地置身于异国景色中，平淡景象也可以让她快乐；可以睁开眼睛迎向土星的拂晓，或倾听海王星上海水的潮声；可以纵情在木星闪亮的暮霭中，或在倾盆大雨后享受森林的清新。之后起床再去上班，没有比这方式更好的了。

她是绝对没料到会遭遇如此猛烈震撼的，尤其是经历了那么美妙的夜晚之后。真是噩梦一场！她无法将景象撇出脑海：脑袋中了颗子弹的男人躺在她的床中央。她的床！她和罗德里戈的床，如今却沾染着死亡。但是当她再次凝望罗德里戈的双眼时，她又重新拾回她的灵魂，恐惧也消散无踪。在他双臂的抚触下，她再次置身天堂了。若不是罗德里戈起身，她会待在那儿一辈子。他要回到他的住处收拾衣物再回到她这里，从此两人再也不要分开。他离开之前艾苏其娜答应他在他回来后绝不会再有不愉快的惊奇状况，因为她要把她家里所有的电子装置关掉，也关掉气息话亭。罗德里戈以一个开怀的笑容回答她……然而，这却是艾苏其娜对他的最后一个印象。

艾苏其娜再次醒来后所失去的第一样东西，就是见到阳光后的幸福感。痛苦展开黑色的双翼笼罩了她，将她吞没在黑暗中，不让她发出声音，扼杀了快乐，使她的床单变得冰冷，也使星辰静默无声。这场舞会在他俩尚未舞出他们的探戈之时就已结束，在她于拂晓喜极而泣之前，在她告诉罗德里戈说他使她快活得要疯了之前就已结束。她感觉到话语在她喉中打结，她不忍说出那些话，或是听到那些话。她整个人有好大一部分已经流向罗德里戈的身体，注满他体内细胞之间的空间。她可以说是真的被掏空了。至于那情爱的夜晚，如今所剩的只是下体一丝甜蜜的疼痛，以及身上偶尔出现的热情瘀痕。就这些了。

然而这些瘀痕过段时间便会消逝，一度开在狂喜之野中的紫罗兰，如今只是她的离弃和孤寂的苍白见证。身体的痛苦消减之时，她曾经以何等欢愉接纳、挤压、滋润、享受罗德里戈的身体，现在也再度回到原先的状况，而她的身体对短暂蜜月的有形回忆，便再也不复存在了。

距离是爱侣最大的折磨之一，这一点没有疑问。艾苏其娜感觉到一种深切、急迫的空虚。失去她的绝配灵魂即意味着失去她的全部。

艾苏其娜知道这一点，于是不顾一切地要找寻罗德里戈的灵魂。她先是重走他走过的地方，或穿进他曾待过的空间。

这帖常用的家庭药方生效了一段时间，因为罗德里戈的灵魂起初还相当大量的存在着，但随着时间的消逝，艾苏其娜却几乎无法感觉到他的气息，无法记起他、他的气味、他的感觉、他的温度。她的回忆蒙上了苦痛。因为罗德里戈的灵魂无法避免地开始远离她，她身体细胞间的空间也哀伤地缩回去了。

罗德里戈的失踪使她溃不成军，毕竟这毫无道理可言，她要怎么向那才开始被爱抚的身体解释呢？更重要的是，她要怎么告诉那个爱管闲事的监管员苏吉妲？当时，艾苏其娜第一天就急忙到她那里，请她等罗德里戈一回来就把他的气息注册在大楼的主控室里，而现在她只觉得自己像个傻瓜。她每次遇见苏吉妲，这个监管员都会嘲讽地问她那个绝配灵魂什么时候回来。苏吉妲讨厌她。她们一向就处不好，因为苏吉妲是个对社会现状不满的人，是 PRI（天道好还党）的一员。

苏吉妲总是盯着她，想逮到她什么事，就算只一次也好，这样她才不会觉得太比不上艾苏其娜。她从没有成功过，如今她终于逮到艾苏其娜一个不利的状况。想到自己要成为她嘲讽的目标就让艾苏其娜恼火。她能告诉苏吉妲什么？她不知道。唯一有答案的人，唯一知道罗德里戈下落的人，是她的守护神阿纳克雷翁特，只是艾苏其娜已经中断了和他的联系。她对他提供的任何消息一向都没兴趣。现在她可火大了。他早就很清楚她生命中唯一能吸引她的事就是找到罗德里戈，那么他为什么不早点警告她说罗德里戈会不见？如果他不能防止这类灾难的出现，要个守护神有什么用？她再也不要听他的话了。那个一无是处的东西会发现她才不需要他来介入她的生活。

她最大的问题是不知道该从哪里下手。何况，即使是走出家门都会让她不快。暗杀事件发生之后，外界气氛凝重，人人自危。如果已经有人敢去杀人，谁晓得下一步会是什么？这就是了——暗杀！以前她怎么没想到？罗德里戈遇到的事可能和暗杀事件有关系。或许是有些新的麻烦事使他回不来了，而她却还像个紧张得要昏过去的傻瓜一样，坐等爱人从天上掉下来！于是她迅速打开“虚拟实境机”。她没有注意外界的情况已经有一个星期之久了。

艾苏其娜的卧房立刻变换成了一座正被军队摧毁的可可园。亚伯·查布洛道斯基正在报道：“美军在今天进行了对可可走私的强力扫荡，已经摧毁好几亩植物，并在警方搜捕多日后逮捕了最有权势的巧克力大亨之一。目前尚无进一步的消息。美军首脑及其成员的姓名目前暂不公布，以免危及调查工作，调查工作将目标放在整个金星企业联盟上。”

接着，艾苏其娜的卧室又变成了一间放满电脑的实验室，供随后的纪录片报道当初是如何将地球上的犯罪消灭的。这是由于地球上发展出一种设备，可以从一滴血液或唾液、一根折断的指甲或毛发中重建个人的模样，指出其下落。如此一来，罪犯在犯罪后几分钟内就会被捕，并受到惩罚，不论他们飞到何处。

不过，可以想见的是，杀死候选人的杀手很谨慎，没有留下任何痕迹。人行道上所有唾沫都拿来分析过，却都没有结果。到处都没有嫌疑犯的踪影。实验室的影像突然消失，取而代之的是亚伯·查布洛道斯基和狄耶斯博士。两人分坐艾苏其娜两边的床上。艾苏其娜见到她在诊所的同事正接受亚伯·查布洛道斯基的访问，倒吓了一跳。

“欢迎，狄耶斯博士。很感谢您来这里参加我们的节目……”

“这是我的荣幸。”

“可否请您简单谈谈您这新发明的装置？”

“呃，其实是很简单的。它会拍摄一个人的气息，并且侦测出曾跟这个人接触过的其他人的痕迹。这个装置可以很容易判断出最后一个接近布什先生的人是谁。”

“等一等，我不太明白。您是说，用您发明的这架机器，可以从某个人气息的照片中掌握到与这个人接触过的所有人吗？”

“没错。气息包含了能量，而针对能量的拍摄我们的技术已经相当成熟。我们都知道，当一个人穿过我们的磁场时，他就会污染到它。我们已经有无数的‘气息图’可以记录一种气息受到影响的时刻，但是在此之前，没有一个人能够分析并且确定污染一方的气息属于什么人。而我的装置正好就能做到这点。如果我们有了污染一方的‘气息图’，我们就可以重建出其身体。”

“我来把您的意思整理一下：布什先生在正穿过大批群众之时被人暗杀，而必定有许多人和他很近，因而会沾染到他的气息。那么我们要怎么知道凶手是其中的哪一个？”

“从它的颜色上。你还记得所有负面的情绪都有种特别的色彩吧……”

艾苏其娜用不着再听下去了。狄耶斯博士不单是她的同事，也是个亲近的朋友，她只消去找他，要他拍下她的“气息图”，就可以找到罗德里戈了。谢天谢地！她抓起钱包就往外冲，鞋也来不及穿，头发也没梳，虚拟实境机也没关。如果她再等上一分钟，她就会看到罗德里戈在她卧房里像个疯子般跳来跳去。亚伯·查布洛道斯基已经开始转播星际新闻了。流放犯人的柯玛星不久前火山爆发。所有收视者都接到派出救援受灾者的请求，因为该星球的居民——也就是第三世界的成员们——仍然生活在石器时代。罗德里戈也是他们当中之一，此刻他正拼命想逃离一片岩浆流。

罗德里戈是最后进入山顶上小山洞的人。住在柯玛星球上的原始人就连个子最小的都跑得比他快。他没有长茧的双脚可以保护他，不怕尖利的岩石和高温，而他的肌肉也不习惯这样的吃力运动。这辈子他顶多是走到最近的气息话亭，被转运到星球的别个地方。他不记得自己是什么时刻走进把他变到这里的话亭的。事实上,他一件事也记不得了。他只感到一阵痛心,仿佛没能做成一件生死攸关的事。他的身体渴望某件他并不知道的东西;他的双脚想要跳探戈,他的唇急切地需要亲吻;他的声音奋力地想要说出一个被从记忆中抹去的名字。他几乎要说出口了,但是他的脑中却是一片空白。他唯一肯定的事是他很想念月亮;而这个山洞简直是臭气冲天。

男女老少二十几个原始人聚集在一起的体液让人难以忍受。汗水、尿液、粪便、精液、腐烂食物、血液、耳垢、黏液,加上其他在这些野蛮人身上堆积多年的分泌物,全部混合在一起,这味道足以让任何人昏过去。但是罗德里戈才跑完马拉松,大口吸气的需要比恶臭还要强烈,所以他大口吸着气,再倒在一块大石头上,还尽可能离别人远一些。他的双腿因为太用力而抽筋,但是他已经没有气力去揉腿。他已经筋疲力尽,累得连哭也哭不出来,更不用说像附近那个才刚失去儿子的女人那样哀号了。那女人不停绕圈子走着,两只被灼黑的手上捧着小小的焦尸。罗德里戈可以想象她必定是把那双手伸进滚烫的岩浆里想去救孩子。她在山洞洞口来回走着,一股皮肉烧焦的味道也在她身边盘桓不去。在山洞外令人难以忍受的高温中,每样东西都沾染着火红的岩浆。

看到这幕景象,罗德里戈闭上了眼睛,后悔自己逃了出来。在不是他应来的地方,拼命求生存有什么意义?虽然他不记得自己是谁或是从何而来，但他却深刻感觉到自己曾生活在一个极特殊的时刻。而现在——丧失了一切，饱受哀伤的折磨——他却活在一片无边无际的虚无缥缈中。似乎他有一半的躯体被扯掉了。他不知道该怎么办！他毫无逃亡之计，况且，他又能逃到哪里？他没有家人，甚至连一个为他哭泣的人都没有。他能在这个星球上生存多久？若是靠他自己的力量，一天都活不到，即使他身为这个部族的成员，他也几乎是没有什么希望存活的。他始终能感觉到那些野蛮人投向他的怀疑目光。他也不能怪他们。他虽然是个男的，但是身上没有那么多毛，又没有攻击性；他没有他们那种粗猛的蛮力；身上没有疤痕；更甚的是，他的牙齿全都“健在”——这是柯玛星上成年男人闻所未闻的事。他不在山洞里拉屎，而是走出山洞，躲在树后面解决；他不去攻击恐龙，而会用长矛尖端清理指甲盖里的污垢；他不吃鼻涕，反而会用手指擤鼻涕，一边还用另一只手遮着脸，免得别人看见；最重要的是，他从不和族里任何女人私通。这一切全使他显得十分可疑，也受尽了嘲弄。

只有一个女人被他吸引，谁也不知道是出于什么原因。事实上，她是柯玛星上唯一亲眼看到载着罗德里戈来柯玛星的太空船降落的人。她看到太空船在电光火石中从天而降，然后她看见那个光着身子、神情迷惑的罗德里戈从一个奇怪的装置中现身，像是从一个漂浮着的子宫中出现一样。因此，对她而言，罗德里戈是某个星际间生出的奇异神祇。她不止一次救过他的命，面对族里其他男人对他的欺负，像只母老虎般保护他，但是她找不到方法向他表达她的感情。有时候她会在他面前躺下，张开毛茸茸的双腿，以如此明白的邀请之姿请他占有她，就像其他原始人那样，但是罗德里戈却假装没看见，事情也就没有下文了。

不过这个原始女人倒没有失去信心，她认为如今她的神既已受伤，她的机会就来了。她蹲在他脚边，开始温柔地舔着他在逃离岩浆流时弄伤的伤口。她的碰触使他睁开双眼，并企图收回双脚，但是他的肌肉却不听使唤。几秒钟之后，他才明白她那湿润的舌头揉搓他那烫伤的脚掌，是一种多么抚慰身心的感觉。他感到如此的舒适，于是也不再抵抗，而是闭上眼睛，好生享受着。舔的部位越往上，舔的动作也越重。女人偶尔会暂停，拔去扎在罗德里戈腿上的刺，接着她继续往上，过了膝盖，在他的大腿附近徘徊——这里很明显并没有伤处——直到终于到了她的主要目标：他的腹股沟。她充满淫态地舔了舔自己的唇，准备继续。罗德里戈有些担心。他很清楚她要做什么，这个臭得像野兽、又有讨厌的口臭、还充满挑逗意味地扭动屁股的胸口长毛的讨厌女人！她想要的正是他从一开始就一直在避免的事。

幸好有个原始男人把这两人之间的事全都看在眼里。他一秒也没把眼光移开女人抬起的下体：她伏在地上的模样，使她更显撩人。他想也不想就一把抱住她的臀，立刻占有了她的身体。她抗议地咆哮着，却遭他往脑袋上重敲了一记，而乖乖听话了。罗德里戈虽然很感激男人接手，却也对他的方法感到困惑不解。由于女人有几次救了他的性命，他自觉应当回报。他不知从哪来的力量站起来，把男人拉开。后者火了，冲过来就痛殴了罗德里戈一顿，使他感到像是被一头恐龙攻击。罗德里戈再也受不了了，为自己的无能痛哭流涕。他是做了什么，要受到这样的惩罚？他是为了什么样的罪行要付出如此代价？

每个人都惊异地瞪着他。他的眼泪使对他如此仰慕的那个女人感到希望幻灭。从这时起，所有人一致认为他是个怪物，纷纷对他敬而远之。

4

狄耶斯博士的气息话亭不准艾苏其娜进入，这表示他正和病人在一起，所以将话亭锁住了。于是艾苏其娜只得到隔壁她的办公室，从那里和同事预约见面，这是她早就应该做的。艾苏其娜明白她没有先打电话就直接键入博士的气息话机号码是不对的，但是她先前太急切了，连最基本的礼貌也顾不上了。而如果科技不能提醒人们以礼互待，它又有什么用？艾苏其娜因此不得不以文明的方式行事。当她在等候办公室门打开的时候，她才发现她已有一个星期没上班，一定会收到被她抛弃的病人的留言。

艾苏其娜进入办公室听到的第一句话，是一句异口同声的："也该是时候了！"她先是一怔，接着感到一阵罪恶感。她的盆栽植物已经有七天没有浇水，自然有权利用这么一句话迎接她。她一向都让她的植物接上"植物扩音器"，这个装置可以将它们所发射出的电流转换成语句，因为她喜欢听它们每天欢迎她上班的话。

通常艾苏其娜的植物都很乖，也对她很亲热，从没有对她说过一句难听的话。不过艾苏其娜也不忍心骂它们，因为她自己很清楚被人抛弃、无计可施是什么滋味。所以在她做任何事之前，她先给它们浇水，又请它们原谅她、唱歌给它们听、安抚它们。盆栽植物的情绪很快就被安抚下来，开始快活地发出满足的低哼声。

接着艾苏其娜将气息话机留言机倒带重新播放。最急迫的一通留言是一个年轻人留的，他是二十世纪一位著名的足球运动员雨果·桑切斯的转世。他曾经是名运动员，而从公元2200年起，他就参加了地球明星队，如今星际足球冠军赛即将开打，每个人都希望他的身体能处于最佳状况。问题是，桑切斯那世的经验给予他很大的创伤，他的队友又嫉妒他，让他在队上的日子很不好受。虽然艾苏其娜在几次星理分析协谈中尽量和他一起努力，她仍然无法完全除去1994年世界杯被禁赛带给他的痛苦。

第二通留言是年轻人的妻子留的，她的前世曾经是梅希亚·巴隆医生，就是当年不准雨果参赛的教练。两人在这一世再度聚首，以学习如何相爱，但雨果仍然不肯原谅她，一有机会就揍她一顿。女人再也不能忍受下去，因此求艾苏其娜帮助她，否则她就选择自杀。

还有几通电话是年轻人目前的教练打来的。他希望他的明星球员保持精神上的亢奋状态，以迎接即将来到的地球金星足球赛。艾苏其娜想，最好还是把她另一个病人的姓名告诉教练，此人的前世是球王贝利，因为目前她无法治疗任何人。她感到非常抱歉，但是她能怎么办呢？要能在作个星理分析师时发生功用，你必须濯清自己，除去所有负面情绪，但很显然现在艾苏其娜的状态并非如此。

她还没来得及听其他的留言，就被盆栽植物打断了，只听它们正歇斯底里地尖叫着。它们是透过薄薄的墙壁听到隔壁狄耶斯博士办公室里的争执，而被争执的粗暴震荡波所惊骇。艾苏其娜立刻走到大厅，敲了敲狄耶斯博士的门。博士是她所知道最与世无争的人，一定是有什么很糟糕的事情发生了，才会使他大发雷霆。

她的敲门声使争吵停了下来，但是却没有人来应门，她正准备再敲门，门突然开了，一个壮汉用力推开艾苏其娜，让她撞上了自己办公室的门，写着"星理分析师艾苏其娜·马丁内兹"的玻璃应声碎裂。此人身后还有一个男人，更是怒气冲冲，再后面才是狄耶斯博士。他看到艾苏其娜躺在地上，立刻停下步子，冲过来扶她。

"艾苏其娜！噢，那是你啰！你受伤了吗？"

"我想没有。"

博士扶着艾苏其娜站起来，很快察看了她全身一番。

"你看起来似乎没事。"

"可是你呢？他们有没有伤到你？"

"没有，我们正在讨论一件事。不过幸好你来了。"

"那些是什么人？"

“没什么，不是什么重要的人。但是，老天，你怎么啦？”

“没事，他们把我推撞上了门而已。”

“我不是说这个。你是怎么啦？你生病了吗？脸色很不好呢。”

艾苏其娜再也克制不了泪水了。博士像个慈父一样搂住她，而除去心中负担的艾苏其娜便抽抽搭搭地告诉他她是如何找到了她的绝配灵魂，两人的欢乐又是持续了多么短的时间。她是如何在一天之内从爱人怀抱的温柔幸福掉落到荒凉而饱受折磨的虚无中。她告诉他说她是如何到处搜索，却毫无罗德里戈的踪影。如今她仅存的希望就是借助狄耶斯博士的新发明去找他。艾苏其娜一提到“发明”这个词，博士立刻焦急起来，并且四下张望，好确定没有别人在一旁偷听。接着他抓住艾苏其娜的手臂，带着她进入他的办公室。

“跟我来。在这里比较好说话。”

艾苏其娜挑了一张面对博士桌子的舒适皮椅坐下。狄耶斯博上压低声音说着，仿佛怕有人在听。

“听着，艾苏其娜，你是我的好朋友，我很乐意帮助你，但我不能。”

失望使艾苏其娜说不出话。哀伤出现在她泪汪汪的双眼中。

“我一共只装设了两台机器。警方有一台，而他们绝对不会借给我，因为他们在全天候使用，要找出刺杀布什先生的凶手。至于第二台，我也不能给你。我连放它的‘前世监管中心’

都进不去，虽然……我想想看。你知道，‘前世监管中心’倒是正缺人，如果你能得到这份工作，你就可以使用这机器了。”

“你在开玩笑吗？他们那里除了出生富贵的官僚外，谁都不收。他们不可能会雇我。”

“要是我有办法帮助你成为他们中的一员呢？”

“你能吗？怎么帮？”

博士从书桌抽屉里拿出一个小小的装置，拿给艾苏其娜看：

“用这个。”

女公务员很快把她那美味的肉包子塞回抽屉，仔细地将手指在裙子上抹干净了，才开口对艾苏其娜说话，艾苏其娜是她必须面谈的“正式调查员”职位最后一位应征者。

“请坐。”

“谢谢。”

“你是星理分析师。”

“是的。”

“那是份高薪的工作……你为什么会要应征这么一个办公室的工作？”

艾苏其娜紧张异常。她知道现在正有一台心像摄影机记录下她的每个念头，她只希望狄耶斯博士安装在她脑中的微电脑会发出爱与和平的思想，否则她就输掉了，因为其实她这时候真正想的是：像这种面谈简直是个笑话，国家机构全给这些形式主义弄脏了。

“噢，是这样的，我的情绪疲惫不堪，因此我的医生建议我暂时休息一下。我的气息充满了负能量，需要休养恢复。你知道的……我工作时间很长，还得听各种各样的问题。”

“是的，我了解。我也相信你必定能够体谅这一点：也就是我们必须了解一个人的前世好知道他在这里工作情形会如何，这是非常重要的事。”

“当然。”

“因此我想你不会反对我们直接检查你的潜意识，这样做可以使我们得出结论，以决定你是否具备‘正式调查员’这个职务的资格。”

艾苏其娜感到冷汗从背脊上流下。她害怕极了，因为将有一场试炼在等着她。虽然没有人能够不事先获得授权就探究另一人的潜意识，但是如果她真的想要“前世监管中心”这个差事的话，她必定得准许他们去做。当然她绝不会准许他们进入她真实的潜意识，因为那些分析师寻找的资讯是关于她道德和社会正义感的。他们想知道她在任一个前世中有没有折磨或杀害谁、目前她有多诚实、对于挫折她能忍受到什么程度，或者她是否曾经涉足什么革命运动。艾苏其娜非常诚实，在前几世的生命中也不断增进着她的“业”值，为前几世所犯的罪付出代价。不过她对挫折的容忍度几近于零。她天生就是个沉不住气、也爱反抗的人——这使她更希望狄耶斯博士的设备能继续发挥效果，否则的话，她不但做不成正式调查员，还会受到更严重的打击：他们会消除她记忆中所有前世的痕迹，那么她就得向罗德里戈说再见了！

"你的密码是什么？"

"埋着的马铃薯。"

公务员把这几个字输入电脑，并交给艾苏其娜一顶头盔。头盔内有一台心像摄影机，可以记录她潜意识的思想，将其转变为虚拟实境的影像。这些影像再被发射到"资料管制室"，由那里的一组科学家和一台电脑详加分析。

艾苏其娜戴上头盔，闭起眼睛，一会儿之后她就听到非常悦耳的音乐了。

在隔壁房间的办公室里，1985 年的墨西哥市正以虚拟实境的方式重建起来。因此那些科学官员就能够走在萨穆埃尔·鲁伊斯大道上，就像是两百一十五年前一样，不过那时它的名字叫拉萨洛街。他们走到大都会大教堂，它看来还处于破坏之前的年代。而后他们继续走在中央街上，最后来到加里波的广场停下来，站在一群为路过的观光客表演的马利亚切舞曲乐师旁边。

科学家之间对他们所看到的影像清晰度展开热烈讨论。一般而言，回忆事件时都是混乱无序的，而艾苏其娜是他们见过的第一个能如此精准地记起前世每一个细节的人。她所投射出的影像全都井然有序，毫无片断、零碎的状况，这表示如果这个女孩不是个天才，就是她非法地植入了一个微电脑。一名科学家提议通知警方，其他几人主张展开内部调查，而其余的人却被街头乐团的喇叭声所感动，竟落下了眼泪。

幸好在这类状况中，只有一方的意见举足轻重，只有一方可以做出最终判决：电脑。而电脑毫不犹豫地接受了艾苏其娜所提供的资讯。科学家们的意见只有在电脑无法发挥作用时才被列入考虑范围，而这种情形在过去一百五十年里只发生过一次，就是在地球生出新月球的那次大地震期间。那次没有人理睬科学意见，因为那时候唯一要紧的事便是活命。

就在这个时候，和其他人完全隔绝的艾苏其娜正在听她头盔中耳机传来的音乐。在旋律轻柔地将她带往她的一个前世之际，她感觉到自己确实是漂浮在时间当中。她真正的潜意识开始很自然地活动起来，带出一个她曾在一次星理分析中见过的影像。以前她一直无法越过那个影像，因为有某样东西阻挡她往那段过去前进，但此刻她所倾听的旋律却有着某种力量，穿透了那道障碍。

CD第一首

CD 第一首

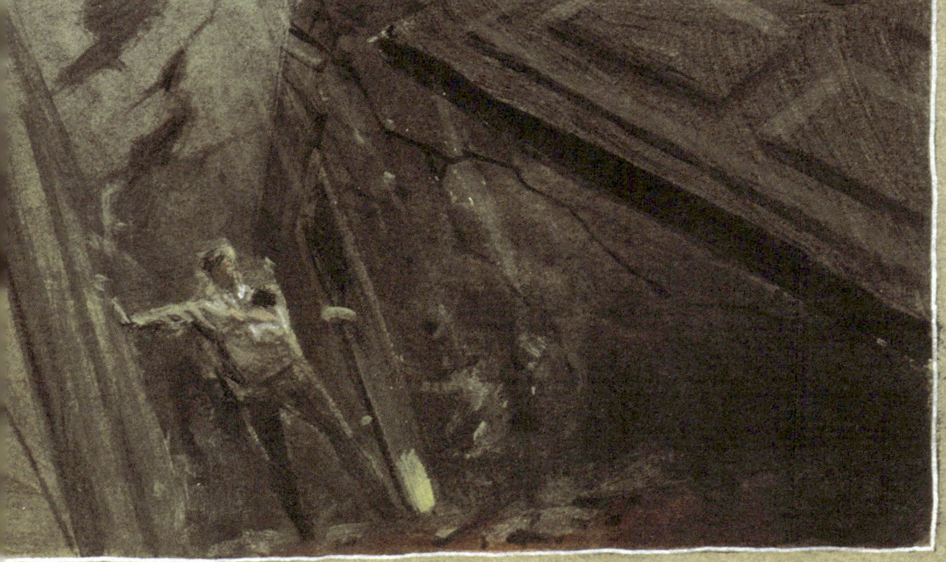

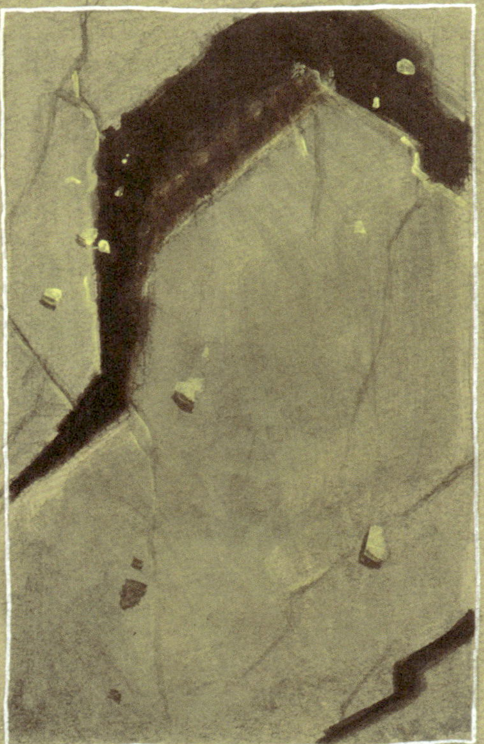

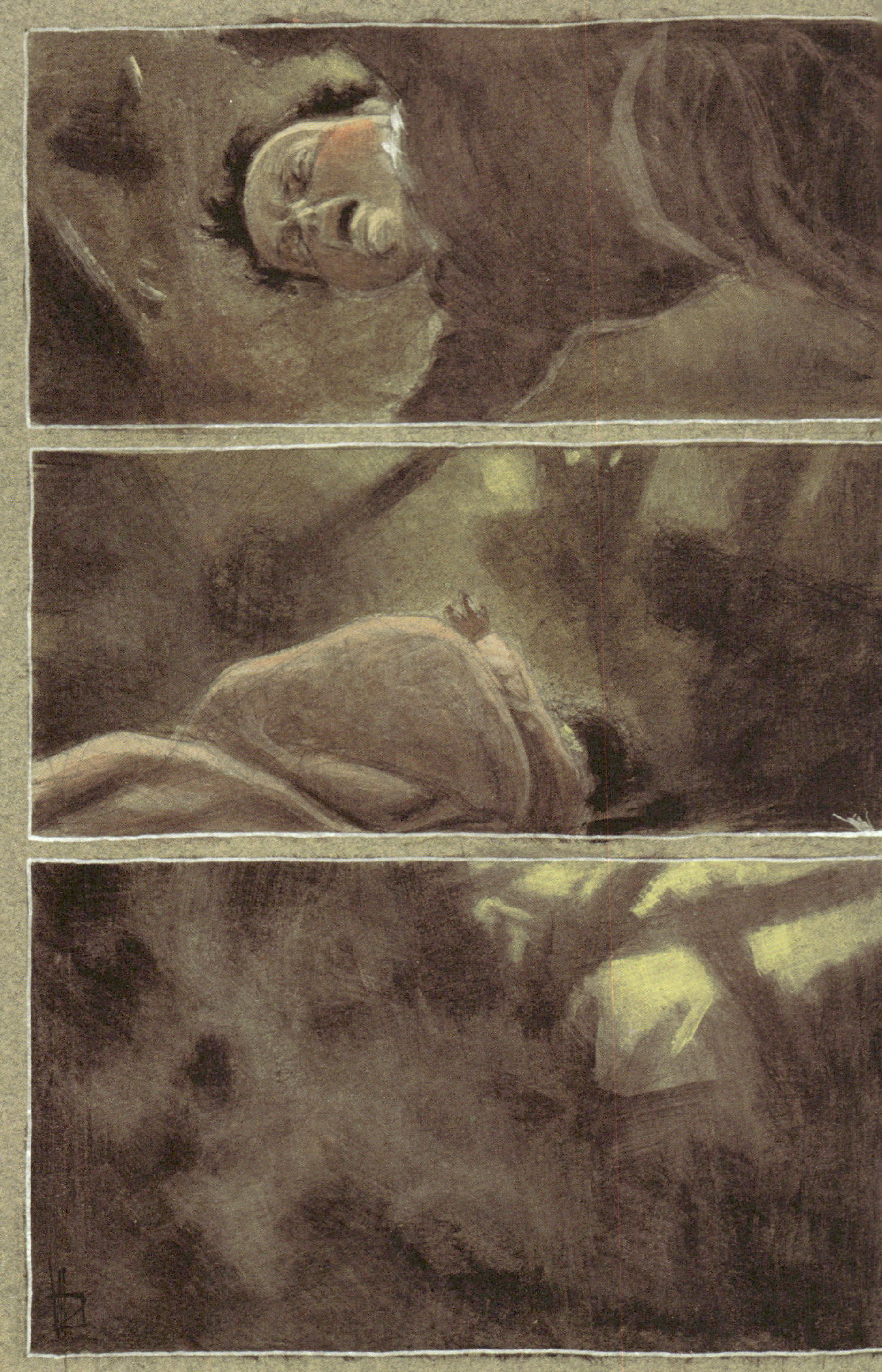

突然间音乐停了下来，艾苏其娜心中一片茫然。她的头盔线路中断了。他们怎么可以就在她看到了罗德里戈的时候叫醒她？艾苏其娜绝对相信那个将她从摇篮里抱起来救了她的人就是罗德里戈。她认出他的脸是他一万四千个前世当中的一张，也就是他俩初识那天他的脸。她毫不怀疑。那就是罗德里戈！她必须知道引领她见到他的那首曲子是什么。

“好了，谢谢你。现在我们必须等候最后决定了。”

“我听的那首曲子，是什么呀？”

“古典音乐。”

“是的，我知道，但是是谁作的？”

“我不知道，我觉得好像是一出歌剧里的音乐，不过我不确定。”

“你可不可以找出来？”

“你为什么那么有兴趣？”

“噢，倒不是我个人有兴趣，只是在我担任星理分析师的工作中，熟悉能够引发潜意识状态改变的音乐，是很有帮助的。”

“我可以想象得到。不过反正你有一段时间不会再做星理分析的工作了，也不会有多大关系。”

电脑从书桌上的一道细缝中吐出一张纸。公务员看了以后交给艾苏其娜。

“嗯，恭喜你，你通过了测验。把这张纸拿到二楼，他们会拍下你的气息图，作识别卡之用。你拿到识别卡，就可以向工作单位报到了。”

艾苏其娜简直欣喜若狂。她不敢相信自己竟然这么幸运。虽然她试图掩藏她的情绪,但却掩不住一抹胜利的微笑。每件事都顺利极了。她可要教阿纳克雷翁特瞧瞧她是怎么解决问题的!

二楼大约有五百人正在等着拍“气息图”,和艾苏其娜起先所排的那些无休无止的长龙比起来,这简直算不了什么,因此她就以平常心在这条队伍最后排了起来。这时候有一台心像摄影机不停地向他们扫描,作为最终的测试,将这些未来公务员的挫折容忍度登记起来。队伍里和她一起的申请者都具有成为公务员必备的条件,因而轻松过关。艾苏其娜则不然。每分每秒都像在榨干她的耐心。她脚底在地板上紧张地打拍子是最先使审核官员们扬起眉毛的事。这个动作和她所发散的思想完全相反,心像摄影机对准她的脸,捕捉到了她不耐烦的皱眉画面。艾苏其娜思想和外表间的悬殊差异十分可疑。终于轮到她站在窗口时,“休息”的牌子便挂起来了,或许也就是这个原因。艾苏其娜的血液像沸腾一般。不可能!她不可能运气这么差!她必须咬紧双唇,以免骂出脏话;闭上双眼,以免眼中那把她想插进那女人喉咙中的短刀飞出;并紧双脚,以免把窗口玻璃踢成碎片;握紧手指,以免把他们一边叫她下星期一再来一边交给她的文件撕成碎片。

星期一!现在才是星期四上午。她不能就这样坐着等到星期一来临。但是她又能怎么办?她也很乐于继续重回见到罗德里戈的那段过去，但是她不知道他们播放的那出歌剧的名称，而就算她知道，要拿到也不容易。音乐疗法上的最新发现使 CD 的贩售和购买变得很复杂。世人已经知道音乐对于人体有强大的影响力，能够改变心理状态，偶尔也会引起神经疾病、精神分裂、精神疾病，以及——在极端的例子中——杀人行为。

不过，最近世人发现，单单一首曲子就有力量开启我们对前世的记忆。目前音乐正运用在星理分析上，以引导个人重返前世。可以想见的是，并不是任何人都适合运用音乐达到这些目的，因为并不是每个人都处于相同的演进阶段。有时候有人觉得，最好不要揭开过去的回忆，因为如果某种理解受到阻碍，那通常是因为此人尚未准备好去面对。比方说，一个前世是国王的人想要获得他前世所拥有的皇冠上的珠宝，这一类的事情发生过太多次了。所以政府规定所有的唱片、立体音响、音乐磁带、CD，以及其他音乐设备，都应受到公共卫生部的管辖。如果你要买一张 CD，你必须提交一份星理分析师的证明书，证明你的道德水准完备、精神上也发展适度，聆听 CD 中的音乐不会带来任何危险。

身为星理分析师，艾苏其娜可以顺利省去这些公文上的繁琐手续，不过那也要差不多一个月的时间，这对她可像永恒那么久呢！她必须想个别的方法，因为如果她在寻找罗德里戈这件事上毫无进展，就这么回公寓，她会发疯的。她想要见到他，而且是越快越好，去找出他丢下她的原因。是不是她做错事了？是她不够吸引人吗？还是他还有一个他不能抛下的情人？艾苏其娜准备接受任何解释，但是她希望从他口中亲耳听到。

令她无法忍受的是这些不确定的感觉，它们重新唤起她心中的不安感，而这却是她费了多大的气力想经由星理分析去克服的。由于缺乏自信，她过去无法维系稳定的关系。即使她找到一个对她温柔关爱的人，到头来总会弄到分手的地步。内心深处，她总觉得自己不配拥有幸福，但是她仍然深切地需要感觉被爱。因为要解决这些问题，所以她决定去寻找她的绝配灵魂，因为她想，跟他在一起就不会有错了。找他花了好久的时间，而她却又很快失去了他！在她一万四千世的生命中，这是她所受过的最大的不公平待遇了！

艾苏其娜知道她最好赶快做点什么事，以减轻这种苦恼，于是决定去“消费者保护处”排队。她在那里至少可以找人吵个架，或是只是去抱怨、尖叫、要求她的权利。在这些地方值班的公务员是最能忍气吞声的公务员，被派到这个单位就是要让民众往他们身上发泄挫折感。是的，她就是要这么做。

“消费者保护处”看起来像是地狱的前厅，挤满了成千上万的民众，各种抱怨、哀叹和眼泪充斥着这个令人窒息的房

间。艾苏其娜还没走到“绝配灵魂”的长龙跟前,已经浑身是汗了。站在几尺开外的苏吉妲也是一样。苏吉妲——艾苏其娜那幢大楼的监管员正站在她隔壁的“在世越级”那排队伍中。她俩都假装没看到对方,因为她们最不希望发生的事就是相互打招呼。不过命运似乎打定主意要把两人凑在一起,苏吉妲才刚排到了窗口,艾苏其娜也排到了,于是两人几乎是手肘贴着手肘并排站着。

她站着的地方使她无可避免地听到苏吉妲和办事员的所有对话。这两人的交谈被苏吉妲一再想用些她自认高雅、有教养的语言使对方印象深刻而变得很复杂,但由于她对其中术语有一半以上都不明白,所以她的做法只是激怒了办事员。

“听着,小姐。你可知道我从前有多么‘豪奢’?”

“对不起,我没听懂。”

“我提升了我的灵魂,应该能得到‘特级’待遇。”

“我相信是的,小姐,不过问题是你必须为生命中的一切付出代价,不是分期付款,就是付现金——但是你仍然必须去付。”

“我知道,但是听着,我可是偿付了我的‘业障’,一点不差。现在我要离婚。”

“我很抱歉,小姐,但是我们的记录指出你还有些前世的债没有偿付给你先生。”

“什么债?”

"你需要我提醒你当影评人的前世吗？"

"呃，好吧，我承认那时候我很恶劣，可是也没到必须承受这些的地步！我已经花了很多时间偿付后世的'业障'了，就是不要和一个犯不履行债务及殴打罪的人弄在一起。看看这只眼睛！如果你不快点准许我离婚，我发誓我会杀了他。"

"你爱做什么，尽管去做，但是你还是必须付出代价。下一位。"

"听着，我们有没有办法私底下想个法子，好让我可以见到我的绝配灵魂？"

"不行，小姐，没有办法。我告诉你吧，有你这种想法的人多了去了，他们都想要有美貌、金钱、健康、或是名气——却从没有做过一件使他们配得上这些东西的事情。不过，如果你真的想早一点遇见你的绝配灵魂，却又没有获得这项权利，我们还可以用赊帐的方式解决。也就是说，假设你愿意负担利息的话。"

"这利息是多少呢？"

"如果你填这份表格，我们就可以让你在一个月以内和你的绝配灵魂接触，但是你必须承诺再和你目前的丈夫过十世生命，挨揍、受辱，随他高兴。如果你同意，我们可以立刻安排。"

"休想！"

"唉，问题又来了……人人都喜欢要求什么东西，却对付出代价没有兴趣。我建议你仔细考虑一下自己真正想要做的是什么。”

听到苏吉姐的这番抱怨，艾苏其娜觉得颇为尴尬。她虽然不喜欢苏吉姐，却也不高兴看到她受苦，而最糟的是，艾苏其娜知道苏吉姐目前要见到她的绝配灵魂是毫无希望的事。谁知道她还要等上几世呢？这时候，艾苏其娜相信爱情与等待实在是同一件事。爱情总是意谓着等待，但是矛盾的是，爱情却激发了她去行动，因为等待使她坚持。艾苏其娜对罗德里戈的爱情使她在无数条长龙中排队等待、使她消瘦、使她的身心得以净化。但是他的失踪却使她无法去想和他下落无关的任何事。她开始放任自己。她不管头发有没有梳、牙齿有没有刷。她甚至不在乎她的“气息”是不是会发亮。什么事情都不重要，除非和罗德里戈有关。

这段时间当中，队伍里站在她后面的那个人一直在告诉她他的前世经历，但是艾苏其娜并没有真正听到一个字，不过这倒几乎要让她睡着了。男人并没有注意到这一点，因为在他的独白中，艾苏其娜一直保持着不冷不热的表情，你看着她也绝对猜不出她是不是快要昏沉睡去了。此人是她失眠症的最佳疗方，自从罗德里戈失踪后，失眠症就缠上了她。她什么方法都试过了，从菩提花茶到熟牛奶加蜂蜜，到最最简单的历数一生中排过的所有队伍。方法是往回数每一个排在她前面等在柜台前要办事的人。这个方法在她失去罗德里戈以前从未失灵过。如今每次想起一个队伍，她都会记起自己曾经多么满怀希望地站在其中，梦想着被亲吻、被爱抚……于是睡眠就被吓跑了。但是现在——也许是适宜的温度加上她同伴的喋喋不休吧，这个男人的话可以使一整营的军队变得麻木不仁——说实在的，她已经快要站着睡着了。

“我有没有告诉过你我有一个前世是芭蕾舞女？”

“没有，我想是没有。”

“啊，在那一世……事情的起落也真好笑。其实我不想当芭蕾舞女，我想当个音乐家，但是因为我有一个前世是摇滚明星，我的嘈杂音乐害了不少人耳聋，所以他们不肯给我一副好耳朵，我也就别无选择，只能当个芭蕾舞女了。不过我并不后悔——实际上是很棒的！我是说，除了穿那些尖脚舞鞋使我患了拇趾囊肿以外。但是总而言之，我仍然喜欢踮着脚尖跳舞。那像是在漂浮，像是漂在空中……像……像——噢，我不知道该怎么解释。不过最糟的是，我才二十岁的时候就被他们杀了。你能相信吗？噢，那真是可怕，有一天晚上我才刚出了剧院，就有几个男人想要强暴我，我拼命反击，被其中一个人杀死。”

想到这个大块头丑男人像个小孩子一般哭泣的景象，艾苏其娜心软了些。她给他手帕拭泪，并努力想象他踮起脚尖跳舞的模样，但她想象不出。

“那真是太不公平了，因为我已经怀孕了……而我永远也见不到我的宝宝……”

他说出一句很要紧的话，吸引了艾苏其娜的注意力：“我永远也见不到我的宝宝。”要说有一件事是艾苏其娜了解的，那就是失去某个人的痛苦。她立刻对这可怜人的痛苦感同身受，他永远也见不到他深爱且期待的小生命。她找不出安慰他的方法，只能以充满同情的眼光注视着他。

“这就是我来这里的原因，来这里申诉。我在这世应该是个女人，来到世界上完成我在前世没有完成的学习，但是因为失误，我却生在这具像噩梦一样的皮囊里。很丑吧，不是吗？”

艾苏其娜想给他打气，但是她连一句诙谐的话都想不出，这人的丑陋就像有人向神挥了个巴掌。

“噢，你不知道我愿意付出多大代价要长得像你。我讨厌自己有个男人的身体。而我又不是真的喜欢女人，所以我只能选择同性恋关系了。但是大多数男人都像野兽！他们都不懂得温柔待我，而我渴望有人对我温柔。噢，要是我又修长又秀气，他们就会温柔了。”

“你没有要求灵魂移植吗？”

“开玩笑！我像这样排队已经排了十年了，可是每次有空出来的身体，他们都把它给了别人，从来不给我。我简直不知如何是好。”

“呃，我希望他们快点给你一具身体。”

“我也希望。”

男人将艾苏其娜借给他的手帕还回。她小心翼翼地抓起一角，因为他不客气地用它擤了鼻涕。后来她决定再把手帕还给他，不要放进她的皮包了。他热切地谢了她，便急忙说了再见，因为快要轮到艾苏其娜了。

“下一个就是你了，好了，谢谢你，祝你好运！”

“你也是。”

“下一个！”

艾苏其娜走近柜台窗口。

“呃，是这样的，小姐……‘在世越级’的人很久以前就处理我的文件了。”

“所有‘越级’的事务都在那边那一排。下一位。”

“听着，让我说完。那里的人告诉我说我已经可以和我的绝配灵魂见面；他们让我和他联系，我们也确实见了面。”

“如果你已经和他见过面了，你还在这里做什么？你的问题已经解决了。下一位……”

“不，等一下！我还没说完！问题是他就凭空消失不见了，在一夜之间，而我都找不到他。你可不可以给我他的地址？”

“什么？你遇见他了，而你却不知道他的地址？”

“不知道，因为他们只给我他的气息话机号码。我留言给他，他就到我家来。”

“那就再打给他呀。下一位……”

“别这样，你一定认为我是个白痴，对吧？我白天晚上都打给他，但没有回音。我又不能去他的家，因为我没有注册在他的气息话亭中。可不可以请你给我他的地址——还是你希望我在这里大吵大闹一场？因为，请相信我，没有拿到那个地址，我是绝不会离开这里了！你说你是要简单的方式还是麻烦的方式？”

艾苏其娜的叫声伴随着带有威胁意味的怒视，把办事员吓得半死。她乖乖接过艾苏其娜交给她的文件，看过罗德里戈的各项特点后，再在电脑上努力地搜寻他的资讯。

“没有这个人。”

“你是什么意思，他不存在？”

“我是说他不存在。我在‘具体’和‘非具体’条目下都找过了，可是任何名单上都没有他。”

“不可能，他一定得在才对呀。”

“我告诉你，‘他不存在’。”

“听着，小姐，你别来那些废话！我可是活生生的证据，证明他存在，因为我是他的绝配灵魂。罗德里戈·桑切斯存在，因为我存在。就是这样！”

整个“消费者保护处”没有一个人没听到艾苏其娜的尖叫，但却没有人比队伍中她的同伴更吃惊。即使在震怒的艾苏其娜从柜台一把抓走文件转身离开之后，他仍然站在那里，不知道他该走上柜台窗口呢，还是跟着艾苏其娜走出门。

艾苏其娜走出大楼时感到肩头有人一拍，使她吓得跳起来。她回过头来，看到一个神情暧昧的人低声跟她说话。

“要具身体吗？”

“什么？”

“一具身体——我可以弄给你一具状况极佳的身体，价钱公道。”

她可正需要这么一件事来结束这个在官僚系统中值得纪念的一个早上呢！她不应该回应这头土狼的，实在是犯了个错误，而这就足够使他像只跳蚤一样黏着她，至少黏上好几条街。这类家伙老是在政府办公大楼外流连。如果你想安安静静在街上走，你就必须完全无视他们的存在，因为只要他们注意到你在观察他们，即使你只是用眼角瞥一秒钟，他们也会坚持向你推销他们的服务。

“不用，谢谢。”

“别这样，在任何地方都不会有更好的价钱了。”

“我说不用了！我不需要身体。”

“呃，我不太想这么说，但是你的外表有点老旧。”

“关你什么事？”

“好吧，我闭嘴，但是……别这样，我们才刚进了几具新的身体，可真漂亮——蓝眼呀，还有其他……”

“我什么都不要！”

“你能有什么损失嘛，只要看一眼？”

“我说不要！你明白吗？”

“如果你是在担心警察，我可以告诉你，我们只买卖没有注册‘气息’的身体。”

“我可不担心警察，我还要去找他们来呢，如果你还在这里这么讨人嫌的话！”

“喔——脾气可真坏！”

结果还不差，只用最快的速度走了一条半的街，就把那人给甩掉了。走到街角，艾苏其娜回过头，好确定那人没有跟着她，却瞧见他盯上了那个“芭蕾舞女”。她希望急切想要副女人身躯的他，不要落入那头土狼的掌握中。不过目前她自己要担心的问题已经够多了。从现在起，这世界就算在她面前毁了，她也不会在乎了。她走在街上，因为专注在自己的世界中，竟没有注意到在城市上空盘旋的那艘太空船，太空船正在宣布竞选星际总统的新提名候选人：伊莎贝尔·冈萨雷斯。

CD 第二首

坏,因为你不爱我
坏,因为你从不碰我
坏,因为你的话多
坏,随时随你去说

坏得像谎言
恶臭、便秘
坏得像检查制度
像垃圾中光溜溜的老鼠
坏得像穷困
像驾照上的相片
坏得像空白支票
像揍你的老祖母

坏得像旋毛虫病
坏得像个打手
坏得像蜘蛛
又坏又狡猾

坏伴着秩序、正直和良心
放眼望去到处都坏
坏得像悸痛的牙根管
坏得像生锈的铁钉
坏得像捷克的电影
坏得像锅冷汤
坏得像世纪末

天生就坏
从头到脚的坏
坏，坏，坏，
却又那么的美丽

莉莉安娜·菲利普

5

做魔鬼是个很大的责任，但是做玛蒙，也就是伊莎贝尔的魔鬼，可真是幸福——因为伊莎贝尔·冈萨雷斯是我在几百万年以来见过的最好的学生。她是在权力与野心的田野中开放的最美丽的温顺花朵。她的灵魂真诚地服从我的指导，没有一丝疑惑：她将我的建议当成命令，并且立刻付诸行动。没有一个人——没有一样东西——能够阻挡得了她。任何必须消灭的东西，她都会去消灭，毫不后悔。为达目的她会坚持到底，因此她很快会成为我们这个联盟的一分子，真的到那一天时，我将会是全地狱最骄傲的魔鬼。

能被选为她的老师，我自认非常幸运。毕竟，他们本可以挑中这个阴暗国度里的任何其他堕落天使，他们中许多比我更有教诲资格。可是，谢天谢地，幸运儿是我呢。而多亏伊莎贝尔的勤勉，我将会获得我已等了这么些世纪的晋升。我终于能获得我应得的认可了，因为直到现在为止，我所得的只有忘恩负义。那么辛苦的工作，报酬却如此之低！一向获得所有人的喝彩、所有荣誉的，是守护神们。我自问，要是没有我们这些恶魔，他们又能怎样？

一个演进中的灵魂在达到启迪的阶段之前，必须历经所有你能想象得到的恐怖，因为除非经过黑暗，否则无法到达光明。灵魂只能以痛苦和受罪加以锻炼。人类没有办法避免此种困境，就算你事先给他们教训也没有用。人类的灵魂从根本上说十分愚蠢，无法明了一项经验，除非亲自体会过。同样的，知识除非先通过感官吸收，否则无法到达脑部。

在明白偷吃禁果是不对的之前，人类必须先体验禁果那诱人的芳香；先期盼那咬到果肉、听到果皮被咬开的声音、品尝每一口的欢欣，感受到它的轮廓、它的多汁，和它通过食道、胃、肠时轻柔的抚弄。亚当便是直到吃了苹果以后，心灵才得以敞开，接受新知识。只有当他的肠子在消化苹果时，他的脑子才明白他是赤身裸体走在伊甸园里的。直到他去介入创造他的上帝的智慧，尝到苦果以后，他才明白他的罪。光是告诉他不要去吃善恶树的果实，是绝对不够的。你无法叫人类以推演的方式接受一番推理，他们必须自己完完整整地经历过。

而提供这些机会的是谁呢？守护神吗？见鬼，才不是哩！是我们，我们这些“魔鬼”。多亏了我们，人类才能受苦。多亏了我们要他受的试炼，他才能够演进。可是我们又得了什么回报？排斥、忘恩负义、恶言相向。我们在生命里一向扮演坏人的角色。反正这些事总要有人去做。在森然的漆黑中，总得有人当老师、当训育员、当人的向导。而我可以告诉你，这可不是件容易的事。教育就是打一场不停的战争，给予痛苦、受罪、惩罚，毫无松懈的时刻。看着人类不停受苦，简直是种折磨——而这全是因为我们的关系。

就算知道那是为他们好，也没有什么帮助，因为知道这些也减轻不了他们的痛苦。我多想做个让人轻松、给人安慰、能擦干人的眼泪、能给人呵护怀抱的人。但是这样一来，谁能督促人类演进呢？总得有人挥动鞭子。一架钢琴如果从没有人弹过它的键，它会变成什么样？我们永远也不会听到它能够发出的独特音符了。

有时候你必须对物体施加暴力，才能展现它的美。凿子的敲击可以把一块大理石变成一件杰作，我们必须知道如何无情无义、无怨无悔地敲打；如何不怕丢弃妨碍壮丽的碎石去敲打。知道如何创作一件艺术品，也就是要知道如何丢弃不相干的东西。所有创造物都遵循相同的步骤。在母体子宫内，细胞本身就知道该丢弃什么，有些细胞会牺牲掉自己，好让其他细胞活下去。为了让上下嘴唇分开，最初将上下唇相连的成千上万的细胞就必须死亡。若不是这样，人要如何说话、歌唱、饮食、亲吻，或因爱叹息？

不幸的是，灵魂并没有那些细胞聪明。它只是一颗未经打磨的钻石，必须忍受敲击的痛苦，才能散发出全部的璀璨光芒。你会认为它或许可以学会不要抗拒惩罚，但是它绝不肯做愿意为张口说话而自杀的细胞,人类从不愿去做那被凿开以显现艺术品价值的一部分。所以,为了全人类利益着想,除了舍弃掉一些人以外,也别无他法。

被挑中去做这些必要行动的人,就是要施加暴力的人:既不尊重事物的位置,也不尊重事物的秩序。他们对生命没有敬畏,从不停歇,好赞叹夜空的美;他们知道这个世界永远可以加以改变以对他们有利;没有一处界限不能侵入、没有一项命令不能收回、没有一条法律不能重写、没有一项美德不能收买、没有一具身体不能占有、没有一本圣书不能烧掉、没有一座金字塔不能摧毁、没有一个对手不能暗杀……

这样的人是我们最坚强的盟友,而在这些人当中,伊莎贝尔更可以称后:她是最最无情、残忍、最有野心,却也是最最听话的犯规者。她以如此精熟的技巧残暴地敲击,创造出最为特别的音乐。多亏了她带给别人的折磨,许多人得到撒旦的祝福;多亏她引起的战争,科学和技术方面有了长足的进步。由于她败德腐化,人类发现自己能够表现出慷慨大度;由于她滥用权力、目空一切、顽冥不灵、掌控手下一举一动,许多人也终于能获得启发,得到知识。

一个人只有双腿被砍掉以后才会明白双腿的价值。要能欣赏团结精神,一个人必须先是个流浪汉。要学得珍惜秩序,一个人必须先感受到混乱的影响。因此,如果一个人要珍惜宇宙中的生命,他必须先学着去摧毁它:要重获天堂,必须先重获地狱,而更重要的是,他还必须去爱地狱。因为唯有爱我们所鄙夷的，我们才能演进。到达上帝的唯一之途是魔鬼之路。所以艾苏其娜应该很感谢自己能进到我心爱的伊莎贝尔的命运中，因为很快，非常快，命运将会使她与神接触。

6

且让我们欣喜，噢，朋友们，
拥抱彼此。
既已走在繁花盛开之地，
无需结束
花朵或歌诵。
在“生命给予者”之屋，
二者都将永远存活。

这片大地是飞逝时光
之领域。
在人永生的那片领域，
是否情况也是如此？
人在那儿快乐吗？
那儿也有友情吗？
或是，我们只有在这片大地，
才认得各自的面容？

阿约库安·库埃兹帕尔特辛

《阿兹特克世界的十三位诗人》
米格尔·莱昂—波蒂略

伊莎贝尔的房里放满了花朵和道贺的传真,但是她的心中却满是惊恐。被选为行星总统候选人这件事,是生命能给予她的最高奖赏。她终于达成她的梦想:碰触到权力最高峰,获得所有人的尊敬和羡慕。但是现在她却好害怕。逐渐加深的恐惧使她无法享受胜利的滋味。世人表现的支持越多,她越会感到威胁,因为她知道其中任何人都希望能够将她取而代之。明白自己多么被人嫉妒、多么受到密切注意,这只让她感到更加脆弱。她将身边每个人都视为潜在敌人,开始严加提防。她知道人性是容易堕落的,所以对谁都不信任。任何人都可能背叛她。她睡觉时房门都上锁,又经常察觉到似乎只有她注意得到的气味,对于食物的味道也变得极端敏感。简单说来,她感觉到大祸将临,深信全世界都想暗算她。

从前她没什么可损失,生活倒还平静,但如今她几乎要拥有一切了,却像风中的罂粟一样瑟缩战栗。她感觉像小时候害怕有妖怪会扑上来而不肯在暗处走一样。即使她看电影中的爱情戏,也有同样的感觉,因为她知道通常爱情戏过后都是灾祸。所以她不但不能欣赏银幕中爱侣的吻戏,反而会焦急地瞄着银幕,期待突然看到一把小刀刺进男人的背。电影音乐也是相同情形:她知道恐怖的音乐总是伴着恐怖场面出现,所以她也不会欣赏爱情主题,而是仔细倾听旋律中有没有一点变奏,她好及时闭上眼睛,避免心灵受到冲击。

谁都知道这种持续的压力对身体健康不利。公共卫生福利部甚至还禁止电影中播放悬疑紧张的音乐,因为据说这种音乐与观众的肝脏受损有些关系。伊莎贝尔自己都还热切地支持了这项法案。她唯一的遗憾是没有一个类似的机构可以管制悲剧侵入日常生活,利用某种方法预防类似前一刻还响着婚礼钟声,下一刻就是救护车的笛声这类事情发生,找出某种方法去警告人们有可怕的事要逼近,好让人可以及时闭上眼睛。伊莎贝尔发现自己所处的这种状况,简直要把她的精神绷到极点。每个人都要见她、都要访问她、都要接近她——也就是接近权力。她必须迎面接受每一种情况——睁大双眼、极度警觉、不轻信他人、绝不留下一丁点把柄让敌人用来毁了她。只要有必要,她必须随时保持警觉,使自己心如铁石。不过这一点要她做到倒是没有什么问题:她已经向自己显示有除掉亲生女儿的能力了,任何妨碍她的人,她当然也可以同样对付。

她那个女儿在二一八〇年一月十二日的二十一时二十分出生于墨西哥市,星座是摩羯座,上升星座是处女座。她的星座图显示出她和权威之间会有许多问题,这是由于土星和天王星的对立:土星代表威权,而天王星代表自由和反叛。此外,天王星在牡羊星座的位置也表示极端的武断,因此这个女孩顽固起来的时候,就算她本不是冲动且不负责任的人,她也会一意孤行。天王星在第八宫的位置暗示她在挑战权威之际很可能会涉及阴谋。

这张图上预示了这么多破坏的特质,所以几乎可以确定,这个女孩长大后一辈子都会是个麻烦,尤其是对伊莎贝尔而言，她一直在计划要做行星总统。这可不是她的空想，因为伊莎贝尔的星座图也这么显示，而且还预言说当这事成真时，全人类终于可以确实享有一个和平的年代了。有了这层了解，伊莎贝尔可不希望自己女儿妨碍了她。所以在她对这个孩子产生感情之前，她就下令将她分解一百年，免得阻碍了全人类的命运。

伊莎贝尔不时会想到这个女儿。她会是什么样子？她漂亮吗？会长得像她妈妈吗？她会比较瘦吗，还是像她另一个女儿卡蜜拉一样胖？既然她想到了，或许把卡蜜拉也分解掉，倒不失为一个好主意。她只会让伊莎贝尔难堪。就像今天早晨，伊莎贝尔醒来后做的第一件事就是打开虚拟实境机，好看看她被提名后所接受的访问报道。她觉得在自己卧室里看着虚拟实境中的自己，是一件令人愉快的事。想到她自己出现在全世界人的家中，这是多刺激的事。别人告诉她说，千百万人都看到她了。唯一的问题是亚伯·查布洛道斯基竟然想到一个妙主意，说要访问卡蜜拉。多尴尬！她那个像肥猪一样的女儿也要出现在那么多人家里。她只希望他们有办法把卡蜜拉塞进镜头，并且不要把她的影像挤出去了。不知道人家都怎么想她。说她是个糟糕的母亲，不让自己女儿节食吗？真是噩梦一场！她根本不知道该把卡蜜拉怎么办才好。而今天伊莎贝尔还要等成群的人过来巴结她，奉承她呢。中庭已经在为午餐记者会做准备了。她自然不希望女儿被人看到。可是她要怎么藏住她？卡蜜拉已经上过新闻，他们都会问起她。她非得想出个办法。她的思绪被女儿的声音打断了。

“妈咪,我可以进来吗?”

“可以。”

房门开了,卡蜜拉站在那里,已经穿好了午餐会的衣服。她选了一件漂亮的白色蕾丝洋装,因为她想在妈妈很特别的日子里把自己最好的一面展现出来。

“把那身衣服脱掉!”

“可是……那是我最好看的一件。”

“难看死了。你看起来像个大粽子。你肥成那个样子,怎么还挑一件白色衣服穿?”

“可是这是午餐会,而你一向告诉我说黑色衣服只有晚上才能穿。”

“我告诉你的话,你只记得你想听的,对不对?你试试看去记住我想听的吧。去换一件衣服!换回来以后,你再给我看一看你要拿的小手包,好让我看看它配不配你的衣服。”

“我没有黑色包包。”

“那你到哪个地方去找个来!我可不准你手上没拿皮包就下来。只有妓女才会那样子走来走去。你想要那样吗?要看起来像个荡妇吗?你心里是这么打算吗?就是要出我的洋相吗?”

“不是……”

卡蜜拉再也忍不住泪水。她从口袋里掏出一张卫生纸,在流下泪水的双颊上擦拭。

“那是什么啊？你没有手帕吗？你怎么可以不带手帕就到处乱跑？你几时见过一个公主用卫生纸擤鼻涕的？从现在起，我要你学习适当的举止，要配得上做我这种地位人的女儿。现在快滚吧，你只会惹我发脾气！”

卡蜜拉转身要走，但还没走到门口，伊莎贝尔叫住她。

“记住，别让摄影机拍到。”

伊莎贝尔十分愤怒。她烦死了要跟年轻人打交道。他们老是想照自己的意思去做、老是不听话、只提自己的希望、向权威挑战——也就是向她挑战。她不明白为什么每个人对她都有相同的反应。他们一看到她这个上司，就立刻想要造反。现在她需要看看她的员工有没有照她的吩咐布置中庭。

中庭像一座狂乱的蜂巢，无数工人在伊莎贝尔的得力助手阿加皮多的指挥下满场走动。阿加皮多还必须比以往更加卖力工作，讨他上司的欢喜，因为伊莎贝尔考虑到这个活动的重要性，所以几乎没有给他时间去组织。伊莎贝尔没有理由这么快就举行记者午餐会，她的提名是前一天才宣布的，所以没有人会想到她竟能准备好这么多人参加的聚会，但是她想让每个人见识到她的组织能力。阿加皮多以非常高的效率负责这一切，保证每件事都完美无缺。餐桌、桌布、盆花摆饰、酒、食物、服务、请帖、记者、音乐——全由他亲自协调布置妥当，任何细节都不疏漏。他手边就有关于提名的新闻剪报，以及一份打电话向伊莎贝尔道贺的人的名单。她第一件要知道的事，就是谁和她是一派的，而谁又是以不出席来代表不站在她这一边，如此她就可以把这些人放到“敌方”的名单上。这一点他太清楚了。

阿加皮多一看到伊莎贝尔走近，就感到一阵恐惧。他拼了全力使一切顺利进行，所以极需要上司的赞许。伊莎贝尔四下瞄了中庭一眼。每样事物似乎都上了轨道，但是突然间她的眼光被中庭中央所吸引，那是一座古代金字塔遗迹，在地砖当中露出来。这问题已不是第一次出现。伊莎贝尔必须提醒他们再把它遮住，因为如果政府发现她的房子盖在一座前西班牙时期金字塔上方，恐怕会带来许多不便。在这种情况下，政府几乎一定会把房地收归国有，然后考古学者们就会来到现场，开始进行挖掘工作，在这个过程中，他们很可能会将伊莎贝尔过去的一部分也挖出土，而那是她希望深埋在地底的。

“阿加皮多！他们为什么没有把金字塔盖住？”

“呃……我们认为如果让人看到你很关心我们的前西班牙历史，对于你的形象会有好处……”

“‘我们’认为？‘我们’是谁？”

“呃，那些工人和我……”

“工人！那些工人根本是白痴，连想也不会想——他们应该是听‘你的’命令。如果你不能管他们，你有什么用？我只好去雇能让他们听话的人了！”

“他们听我的话没错。那是我的决定……”

“那么你被开除了。”

“但是……为什么呢？”

“为什么？因为我做一群低能儿的老师已经做腻了。我告诉你一百万次了，任何人不照我说的去做，就给我滚蛋！”

“可是你要我做的每件事我都照做了！”

“我可从没有要你把那金字塔露出来。”

“可是你也没有要把它盖起来。为了一件错事就把我开除，太不公平了。其他每件事都十分完美，你可以自己看……”

“我只看到一件事，就是你不够专业，所以我要你现在就滚，叫罗沙里欧接手。”

“罗沙里欧不在这里。”

“不在这里？他去哪里了？”

“市区。”

伊莎贝尔对这个消息感到很高兴，她轻声对阿加皮多说：“去拿我的巧克力吗？”

“不是，你准许他把他的文件送去‘消费者保护处’的。”

“那好，把他也开除了。我受够你们这一对了！”

伊莎贝尔一看到查布洛道斯基带着摄影机和工作人员来到，立刻停止了怒斥，露出最迷人的笑容。她吓坏了。他听到了她的尖声斥责吗？天哪，她希望没有。否则那一定会毁了她的形象。为防万一，她拍拍阿加皮多的背，做出她一直在跟他开玩笑的样子。接着她的心几乎要冻结了，因为她看到卡蜜拉正缓缓过来，那个三百公斤的身躯！伊莎贝尔必须阻止查布洛道斯基再次访问她，更不用说让他发现那露出地面的金字塔。

阿加皮多够机灵，能看穿伊莎贝尔的思想，于是他想出一个很高明的解决之道，既使他保住了工作，也完全恢复了伊莎贝尔从前对他的信任。

“如果我们要卡蜜拉就坐在金字塔顶，并且要她待在那儿不要动，这样好不好？”

于是那身躯庞大、一手拿着黑色手袋的卡蜜拉的位置就这么定了。她身躯如此庞大，任何人都发现不了，就在她母亲家中庭的中央，一座金字塔正露出地面。

7

艾苏其娜走路回家。走路一向能使她恢复平静。当她走到路口时,她看到苏吉妲正走进他们的大楼。艾苏其娜看到她回家这么晚很惊讶,因为她比艾苏其娜早好久就离开“消费者保护处”了。待她看到苏吉妲提的大袋子,她才知道她先去购物了。

苏吉妲也在街道另一边看到了艾苏其娜,看起来她一点也不高兴。显然她是想要尽快进到大楼里,免得和艾苏其娜打到照面,但是她发现做到这一点并不容易,因为她那个肥胖的醉鬼丈夫正四仰八叉地躺在门口。这不稀奇。苏吉妲的丈夫几乎成了这附近一带的固定设施了,看到他躺在楼梯上,身上覆满呕吐物和苍蝇的时候,也没有人会惊讶。邻居已经向“健康福利部”申诉,苏吉妲也接到通知,说她不得再让配偶把街道当成卧室使用。

可怜的苏吉妲!艾苏其娜想道。怪不得她想要换丈夫!但另一方面,她一定在其他世里做了什么事,才会有这样的

"因果报应"。艾苏其娜看着苏吉妲吃力地想把丈夫拖进大楼。做丈夫的醒过来了,大发雷霆,狠狠揍了她一顿。这种不公平的事一向会激怒艾苏其娜。这场面使她热血沸腾,也将她浑身充满大自然释放出的力量。一瞬间她已来到这对互不相配的夫妻身旁。她抓住苏吉妲丈夫的头发,一把将他撞上墙,又朝他胯部踢了一脚。为了凑足这顿修理,她又朝他的肾脏挥去一记右勾拳,待他被打到地上以后,再朝他踢了一阵子,发泄余怒。艾苏其娜到最后已累得半死,但是却大大地松了口气。

苏吉妲不知道是该感激地亲吻艾苏其娜呢,或是收拾起散落在楼梯间的购物袋。她决定简短道了谢再冲过去,趁没有人注意到他们之前捡起散落的物品。艾苏其娜弯下身去帮忙时吓了一跳,因为她发现袋里装的不是杂货,而是许多种虚拟实境书籍。

几个月前,苏吉妲请艾苏其娜帮忙,为她的失明祖母找几本虚拟实境书,因为她无法看书或是看虚拟实境机,因而情绪低落。虚拟实境书是一种神奇的装置,才刚上市不久。它包含一副眼镜,镜片可以不经由眼睛让盲人"看到"虚拟实境,清晰程度就像视力正常的人一样。苏吉妲的祖母是第一个申请这套装置的人,却也是第一个遭拒绝的人。她不合乎这种受惠资格,因为她的失明是业障:她在前世曾是名智利军人,在对俘虏施酷刑时弄瞎了好几个人。

苏吉妲眼见祖母日夜哭泣,就鼓足勇气请艾苏其娜开具推荐函，声明她是这位祖母的星理分析师，可以证明这位老太太已经为她的业障付出代价——其实这些全都不是真的。想也想得到的，艾苏其娜拒绝了。这种事情违背她的职业道德。但现在艾苏其娜颇为惊异，因为苏吉妲还是做到了，而且不管怎么样，仍然拿到了书。艾苏其娜很想知道她是怎么做到的。她贿赂了谁？苏吉妲可没让她有时间猜测，她跑向艾苏其娜，一把抢走她手上的书，迅速塞回袋子里。她一边还用挑衅的语气问艾苏其娜：

“怎么样，你要告发我吗？”

“什么？”

“向警方告发呀！我警告你，你连想也别想！因为要保护我的家人，我是什么事都做得出来了。”

“噢，不用担心，我不会去报警的……但是，听着，你可不可以告诉我，你买这些虚拟实境书的地方有没有 CD？”

艾苏其娜突如其来的兴趣使苏吉妲感到惊异。

艾苏其娜其实是想到利用苏吉妲的关系，而不是要找这些关系的麻烦。她眼中的急切使这一点显得非常明白，于是苏吉妲不假思索地信任了她。

“呃……可以。但是问题是，买那些东西是很危险的，因为，我可警告你，那些是绝对非法的。”

“……我不管它们是不是非法，你只要告诉我到哪里去可以找到就行了，拜托！我必须去找一个人！”

“在特比多的黑市。”

“我要怎么去那里？”

“你没去过？”

“没有。”

“如果你没去过，那里可真难找。我带你去好了，但是我祖母正等着吃晚餐。如果你愿意的话，我们可以明天去。”

“谢谢，但是我想今天去。”

“好，那去吧。你到特比多以后，四处问问别人。”

“谢谢了，苏吉妲。”

艾苏其娜一跃而起，连声再见也没跟苏吉妲说，就跑到街角的气息话亭，把自己移位到了特比多。才几秒钟的时间，艾苏其娜就置身在拉吉尼拉市场中。气息话亭的门开了，她面对一群人，又推又挤地争着要进到她才空出的话亭。她挣扎着冲出这股人潮，开始在市场上漫步。她一边在人群中穿出一条路，一边朝着卖古董的摊子走去。

摊子上每件古物都向她散发出魅力，使她猜想它们的原先主人是谁，它原属于什么地方、什么时代。她走过几个摆满轮胎、汽车、吸尘器、电脑和其他废弃物品的摊子，但没找到CD。终于，她在其中一个摊子看到一组手提音响。那里当然会卖CD了。她走近摊子，但是老板正忙，没法招呼她。他正和一个客人争执，客人要买一张牙医椅，还附带做齿模用的各种钳子、针筒、模具。艾苏其娜不明白怎么会有人有兴趣买这种苦刑的用具？不过，毕竟这世界上什么样的喜好都有。她等了一段时间，希望这番讨价还价能停下来，但是这两个人都同样顽固，谁也不肯退让一点。当中有一段停顿的时间，老板被讨价还价弄得烦了，便转身问艾苏其娜有什么事，但是她却说不出口。她没胆子大声问他要到哪里去找黑市的CD。为了怕显得愚蠢，她就问了一把美丽的银匙的价钱。

她听到身后一个女人的声音说："那是我的汤匙，我暂时把它放在旁边，准备要买的。"艾苏其娜回过头，正好面对一个迷人的黑发女人，后者正伸手要拿艾苏其娜手上的汤匙。艾苏其娜立刻交给她，并且向她道歉，说她不知道已经有人要了这把银匙。她转身离开，深深感到泄气。知道黑市在哪和如何跟那里的人打交道，二者之间可是有很大的分别。她对于该怎么开始、该去到哪里、该问些什么问题，毫无概念。她身为"超演进"者，却没有任何违法交易经验，现在算是尝到后果了。她最好的办法就是下次再来，而且要带苏吉妲一起来。

她正在找一条出这个摊子迷宫的路时，突然听见一首曲子从一个放满立体音响、收音机、电视机的摊子上传来。她走过去，头一个注意到的是一块牌子，上头写着"哭泣时的音乐"，在这块招牌下是用较小的印刷体写的"公共卫生福利部授权"。虽然一切看起来都很合法，艾苏其娜却感觉她可以在这里找到她想要的。这首曲子果真令她流泪了，音乐挑动一阵深沉的愁绪，随之而来的是丰富的回忆。艾苏其娜一边聆听，一边记起她和罗德里戈合而为一时的感觉，超越肌肤的障碍，拥有四手四腿、四眼、二十根手指和二十片指甲去打开天堂大门是什么样的感觉。当艾苏其娜站在那儿无可遏止地哭泣时，古董摊老板异常温柔地看着她。她擦干眼泪后，老板静静地抽出 CD 交给她。

“这要多少钱？”她问。

“不用钱。”

“不用钱？可是我要买……”

老板和气地笑着。艾苏其娜感觉到两人之间有一股互相怜惜的电流。

“不属于自己的东西，谁也卖不掉，”他答道，“不该自己得的东西，谁也收不下。拿去吧，这是属于你的。”

“谢谢你。”

艾苏其娜把 CD 在皮包里放妥。她不能告诉老板说她还需要一个 CD 机，因为她确定这个奇怪的人，这个似乎眼熟得怪异的人，也会肯给她 CD 机的，而那样实在是要求别人慷慨得过分了。艾苏其娜正要走，买了银匙的那个黑发女人走向摊子老板，和他热情地打招呼：“你好吗，提欧？”老板拥报了她。“我亲爱的齐莱丽，”他叹道，“真高兴见到你呀！”艾苏其娜静静走开，留下两人起劲地谈着话。

她在后面的一个摊子上买了一个 CD 机，以便听她的 CD，接着她就直接走去最近的气息话亭。她像一个拥有了新玩具的孩子一样，急着要回家听这些音乐。但是当她走到那一排气息话亭时，她却几乎失去希望了。那里挤了太多的人，她想她大概永远也休想进去。不过最后她还是推开一条路，以破纪录的半小时到达目标。只不过她的幸运感却又消失了，那是在她被一个留着大胡子的男人推开抢先进到话亭之时。这件不公平之事使她大为震怒，她的脸上露出怒容，于是她抓住男人手臂，把他拖了出来。他满头大汗，似乎急得不得了，并向她求情。

“女士，请让我先用话亭！”

“不行，你听着！该轮到我用了。我等着要进这里的时间跟你一样久。”

“你让我先进去，会耽误你多少时间？我只要三十秒就用完话亭了。”

在他们身后的人群开始又吹口哨又高喊，其中还有些人想要挤过两人冲进话亭。就在这时，那个留大胡子的男人看到隔壁间的话亭空了出来，于是一冲而入。艾苏其娜也在任何人能超过她之前钻进话亭，于是事情就解决了。

真是噩梦一场！真难相信都已经是二十三世纪了，人类还会有这么粗野的行为，尤其科技上都已经有这么大进步的时候。艾苏其娜输入她的气息话机号码时，一边也在想她因为科技进步所享受到的那些好处。可以分解、可以在空间旅行，而在一眨眼间恢复完整。何等神奇！

气息话亭的门开了，艾苏其娜正要进入她的公寓，却进不去，因为电磁障碍阻止了她。警铃开始响起时，她才突然意识到这不是她家，而是别人家，而那里正有一对男女在演出火热的动作。唉，再想一想，你会发现墨西哥的科技进步其实也没那么可靠。每当气息话机线路交错或受损时，这类的意外事故就会频频发生。虽然幸好在这种情况下并没有被杀死的危险，但这类事件并不会因此就比较令人好受。

这对情人听到警铃声，立刻停止了他们爱的动作。女人叫道："是我丈夫！"并且一边慌乱地拉下她的裙子。艾苏其娜不知该怎么办，也不知道眼睛该往哪里看。她的目光在房里四处移动，终于固定在远处一面墙的一张相片上。她的声音卡在喉咙里。照片中那个留着胡须的男人可不就是不久以前和她吵架的那个人吗？怪不得那个可怜的男人那么急着要回家！

艾苏其娜猜想在她把他从气息话亭拖出来以前，他一定已经输入了他自己的气息话机号码，所以她才会到他的公寓里。这时候她慌忙输入自己的话机号码。她从未置身如此尴尬的情况中，所以走之前她想要道歉。

"对不起，按错号码了！"

"看看你这次会不会按对吧，笨蛋！"

于是气息话亭的门关上，几秒钟后又打开来。艾苏其娜发现自己已在家中，才松了一口气——或者说是在浩劫后的家中。客厅被翻遍了，家具、衣物散落各处，而在一屋子的凌乱当中，却是那个留胡须的男人——他死了！鲜血从他双耳中流出。任何人如果不理会警铃声而非要闯进他人房间的保护磁场，就会有这种下场：身体细胞无法正确重新整合，过高的压力将动脉炸开。可怜的家伙。这么说来，气息话机线果真是搭错了，而男人因为想当场逮到老婆急昏了头，一定是立刻冲出话亭，甚至连警铃也没有听到。但是……等等！艾苏其娜并没有打开警报器呀，因为她仍然希望罗德里戈会回来，她又不希望他进来会有问题。那么，到底是出了什么事？为什么她的房子会被翻得乱七八糟？

她首先做的事，就是去检查大楼保护系统的登记盒。她发现盒里明显被动了手脚。线路被人交错过，又拙劣地重新接回去。这就表示说有人打算要杀她，只因为话机公司的乌龙才救了她一命。气息话亭的两条线意外交错，使得这个人死在她家里。这就是你的命运：她的生命是多亏在气息话亭没能争过那个男人才保住的。但是现在她又有了新的疑问：为什么有人要杀她？又是谁要杀她？她毫无头绪。她唯一可以确定的事是，任何想要调整大楼主控装置的人，都需要有工作许可证，而苏吉妲是唯一可以准许他们进入的人。

艾苏其娜敲了敲苏吉妲的房门。她等了一分钟，苏吉妲才过来开门，眼里还噙满了泪水。艾苏其娜很后悔来得不是时候。她那个醉鬼丈夫最好不要又在修理她，她想。

“晚上好，苏吉妲。”

“晚上好。”

“有什么事吗？”

“没事，我正在看《生存权利》。”

艾苏其娜完全忘记苏吉妲在看她最爱看的肥皂剧时是什么事都不做的。

“对不起，我全忘记了。我只是想问有谁来修理过我的气息话机。”

“你想还会是谁？当然是话机公司的人。”

“你记不记得他有没有工作单？”

“当然！我可不会随便让任何人跑进来。”

“他们有没有说他们会再来？”

“有啊，他们说他们必须明天来弄完。如果你没有别的问题，我可要回去看我的节目了……”

“当然，苏吉妲。很抱歉打搅你了。明天见。”

“嗯！”

苏吉妲的房门在她面前砰地关上的声音使她惊愕，它的效果和她耳边响着的“危险！”这个词一样。那些假冒的话机工人假设她已经死了，准备第二天来收她的尸体，他们料想是不会出什么问题的。这些料想自己得逞的王八蛋！明天回来，但是是什么时间？苏吉妲没有说，但是如果她再去敲她家的门，苏吉妲就要杀她了。他们最可能的是在一般上班时间里来，因为他们在冒充话机公司的修理工人。这表示艾苏其娜仍然有一整晚的时间去整理思绪，设计出一套防御策略。但是此刻她必须做的事是把这个留胡须的男人给弄走。

艾苏其娜急忙赶回公寓，在这个戴绿帽的家伙裤子口袋里找他的身份卡。然后她输入卡上的气息话机号码，再把他拖进气息话亭，送他回家去。现在可以认定两件事：一是今天不是这个男人的幸运日子；二是这一天对他妻子而言也是个不快乐的惊奇之日。艾苏其娜可以想见她看到自己丈夫尸体时的表情。至于她后来会产生的罪责感，艾苏其娜可不愿去想。她必须提醒自己不要扯进别人的事情里。她永远都会担心悲剧带给人的创伤，这是她一种职业上的惯性思维。

她对那个和她交换了命运的男人感到非常抱歉。她会永远感激他。毕竟他把她从某次死亡中救出。但是对她仍然要面对的危险，又有谁能救她呢，要是这个人也和她换了身体，那就功德圆满了，因为那样的话，工人们来了以后发现一具已死的躯体，就会当艾苏其娜已死，于是她就可以继续寻找罗德里戈了，即使她是在一具长胡须的陌生人身体里。换身体……对了！她只需明天早上早点在“消费者保护处”现身，就一定会碰到那个专门给未登记的身体作灵魂移植的“土狼”。她知道这表示她已越界到非法的范围，因此会冒着被“在世越级”处发现，取消她和绝配灵魂生活的权利的危险。但是艾苏其娜也实在无计可施。她已准备好去尝试任何事。

第二天早上，艾苏其娜一边等候“土狼”出现，一边加入等待“消费者保护处”开门的人群。她无法不去猜想会是谁

想要杀她，以及为什么要杀她。她已经消掉了业障：她没有任何敌人，也没有犯下任何罪。唯一似乎恨她的人是苏吉妲，但是艾苏其娜不认为她有能力策划这么一桩复杂的谋杀。如果她打算要杀死艾苏其娜，她早就把菜刀插进她背上了。那会是谁呢？“土狼”在街角徘徊的丑陋身影打断了她的思绪。艾苏其娜走过去。他一见她走近，就露出不怀好意的笑。

“怎么样？改变主意了吗？”

“是的。”

“跟我来。”

艾苏其娜跟着他走了几条街，两人渐渐走进城里最古老、最破落的地区。进到一间看起来像是制衣工厂的地方之后，他们走下一条难以发现的阶梯，下到地窖。艾苏其娜惊恐地发现自己正置身在黑市躯体交易地之中。

这种生意是偶然间形成的，缘于二十世纪末一群为不孕妇女进行人工受精的科学家。他们的程序是这样的：先进行手术，将一枚卵子取出。这枚卵子再与丈夫的精子在试管里受精。当这个试管胚胎几星期大以后，再植入女性子宫里。有时候女性身体会排斥胚胎，于是就会产生自发性流产，在这种情况下，就必须将全部过程再重复一次。由于手术过程令人不适，科学家们于是决定一次不要只取一个卵子，而是取数个，再使这些卵子都受精，万一第一次人工受精的尝试失败，他们就有同一位母亲的胚胎可以取代，再植入子宫内。由于通常并不见得都会用到第二个胚胎，更不用说第三个了，所以多余的胚胎都加以冷冻，第一座胚胎库由此产生。在“大地震”之前，这些胚胎都用在各种非人类实验上。“大地震”的时候，实验室和胚胎全都被埋在瓦砾下，一直到本世纪，在改建一座商店的过程中发现了这些冷冻胚胎。一位胆大的科学家立刻买下这些胚胎，运用现代技术将每个胚胎培育成为一具成年人躯体。这似乎是一项理想的投资。唯一能将灵魂植入一具人体的人，是做母亲的人。这些身体没有母亲，因此也就不具有灵魂。他们也没有登记，因为他们不是在政府规定的任何机构内出生的。换句话说，他们只在等待移植灵魂。而做“土狼”的人则喜欢自己在这些作品中扮演的角色。

艾苏其娜跟着他走过阴暗的走廊，不知道该选哪具身体。这些身体有各种体型、肤色和气味。她站在一个有双美腿的女人身体面前。艾苏其娜一向梦想有双美腿。她自己的两条腿细细长长的，虽然她有不少智慧和精神上的美德可以弥补这个缺点，她一向都渴望有双匀称美丽的腿，她犹豫了一会儿，但也明白她没时间可以浪费，因为话机工人就快到她家了，于是她很快指着这个女人的身体说：“这一个！”既已选好身体，她要求立刻移植，这样做要加价，但是她能怎么办？生命中有些事情你就是不能争辩。

才几秒钟时间，艾苏其娜已经进入一个金发蓝眼的女人身体里，这位女郎有一双简直可以使人为它死去的美腿。她感到非常奇怪，但是却没时间对她的新情况过多思考。她付了移植费，连向她那具旧皮囊说再见的时间都没有，就被带往一座秘密气息话亭，她的旧皮囊就从这里移位到她的公寓。顷刻之间，她也移位到最靠近她家的气息话亭了。她要和她的旧身体在差不多同一时间到达，因为她需要在那里看到那些来收她尸体的敌人的脸。她很小心地让警铃线接好，就像她起初发现它的时候那样。这样一来，当她的旧身体通过电磁障碍时，就会“死掉”，正如那些杀手所预料的，他们就再也不会来烦她了。

艾苏其娜站在家附近的街角，从这里可以观察到她所住大楼附近的每件事。不过她自己也正被人观赏呢，她因一双美腿常听见男人的口哨声。在这么些年里，人类怎么会演进得这么少？为什么一双美腿仍然能教那些看似理智的男人如此狂乱？她和昨天的她是同样的人：她的感觉、她的思想完全和以前相同，但是昨天却没有人看她第二眼。谁知道还要经历多少时间男人才能为一个女人不凡的气息倾倒？

艾苏其娜只知道，如果她在这街角站上更久时间，一定会有人过来调戏她。于是她决定到街对面那间小咖啡馆，她可以在那里继续观察，同时好吃上一份那儿美味的三明治。突然间她觉得好饿，或许是因为焦虑，也或许是因为这具新躯壳需要营养，但是事实是她想要一份三明治，想得不得了。

一进入咖啡馆，她发现所有男人的眼光全投向她，令她很厌烦。她很快走过餐桌之间，在窗边找了一个位置坐下，如此她便可以看到外面发生的事。她的双腿一被遮住，咖啡馆里又恢复原样。这里大多数的常客都是月亮来的工人，他们必须早在每天头一次新闻广播前许久就开始上班。这间咖啡馆不单供应他们早餐，也提供他们得知天下大事的简单方法。店老板在店里放了一台老式电视机，而不是虚拟实境机。电视一向令人格外放松，而在新闻没别的好播，只是一再播放布什先生被刺杀画面的令人作呕的时间当中，它尤其令人松一口气。你只要看虚拟实境机，必然会发现自己一次又一次置身在犯罪现场、听到子弹射出的声音、见到子弹飞进那位候选人脑袋又穿出来、还带着部分脑浆的画面，眼见布什先生倒下、听到尖叫声，将那种恐怖再次经历一遍。大多数的餐厅都应大群民众要求而成天开着虚拟实境机，这些吓坏了的民众想要知道每分钟发生的事情。艾苏其娜不知道那些人怎么受得了，或是他们要如何置身在鲜血、痛楚、火药气味当中吃东西。至少在老板不肯安装虚拟实境机的这里，顾客可以自己决定要看或是不要看。艾苏其娜用不着再去经历这些苦难，她自己哀伤和焦虑的理由已经够多了。

于是她决定专心注意对街的动静，而其他用餐客人则呆瞪着荧屏。关于布什被刺杀的新闻，没有更新的报导。

“警方继续在犯罪现场搜寻证据……”

“这种懦弱的行为已经震撼世人的良知……”

“星际总检察长已经向所有警察分局发布指示，要求各分局全力协查，找出杀手下落……”

“行星总统谴责这种侮辱和平及民主的行为，并向民众保证正在进行各种努力，以尽快确定这种应受谴责的行为的动机，以及幕后策划人的身份……”

艾苏其娜倾听着其他客人害怕的低语。每个人似乎都惊魂未定，但是一等播报体育新闻时，他们就再度恢复了生气。足球冠军赛使他们忘记曾经发生过刺杀的事情，而他们最关切的事也变成雨果·桑切斯化身的那个年轻球员会不会出场了。照艾苏其娜所见，杀手策划的每件事都和“星际足球冠军赛”发生在相同时间，足球能分散所有人的注意力，可真巧呀！

此刻联邦特区首长正在接受访问，他警告民众，不得在“独立天使”纪念碑附近举行喧闹的庆贺活动。为了地球与金星的比赛，他们打算将纪念碑分解一整个星期，以避免困扰。用餐客人对此爆发出高声的抗议。在他们的口哨声和嘘声下，几乎无法听到亚伯·查布洛道斯基正在进行的访问，他访问的地点是伊莎贝尔·冈萨雷斯的家，她是行星总统的新候选人，此刻正在吹嘘她在二十世纪时化身特蕾莎修女所获得的诺贝尔奖。

访问结束时，摄影机把镜头对准一个肥胖的年轻女孩，她的身躯占满了整个荧屏。每个人都在问这个女孩是谁，但却没有人知道，因为访问突然中断了。唯一一个并不在意的人就是艾苏其娜。她正注视着刚刚停在她那栋大楼前面的气息话机公司的太空船。有两个人正从里面出来,但是就在他们转过身来,她准备仔细端详他们的脸时,她邻居胡利多的太空船“星际斗鸡号”却也正在降落,挡住了她的视线。艾苏其娜慌了。他为什么非要现在降?而为胡利多的斗鸡节日提供伴奏的乐团乐师们则一个个走下太空船。他们那些阔边呢帽挡住了她视线里的一切东西。

艾苏其娜迅速付了账,跑出室外。如今她只能走近大楼,好等杀手们出来后看到他们,即使冒着被认出的风险也得这么做了。但是——不会的——她怎么会这么笨?他们认不出她的:她已经在一具不同的身体里了。艾苏其娜嘲笑自己。她身体换得太快了,她的心还无法接受。

艾苏其娜坐在大楼外的楼梯上等候。几分钟后,她看到话机公司的工人走出来,旁边还跟着苏吉妲,正放声大哭。他们在门口跟她说再见,并且说他们很抱歉。艾苏其娜僵在原处,倒不是因为她的“死”竟使苏吉妲难过落泪,而是因为那两名凶手之一正是在“消费者保护处”排在她后面的那个从前的芭蕾舞女,就是急着想要一具女人身体的那个人。我的天!难道他们杀了她是为了她的身体?但是如果是这样的话,他们为什么不带走尸体?显然是为了继续把戏演下去。可是现在艾苏其娜被完全搞糊涂了,因为“加育索葬仪社”的太空灵柩车会来接走她的尸体,并且在外太空将之分解。所以如果加育索的人运走尸体,那个前芭蕾舞女要怎么拿到它？是不是他在葬仪社里有认识的人？

她朋友胡利多这时正用《独自品味》这首歌让他的街头乐团热身。音乐打断了艾苏其娜的思绪，令她落泪。近来她对音乐简直敏感到不正常的地步。音乐！她真是笨哪！在这一阵混乱中，她竟忘了把CD从她公寓里拿出来了。如果她运气好，她在“前世监管中心”应征工作时那里所播放的歌剧应该就在这张CD上。这回她总算找对路了。她必须回到她的公寓，但是她的新身体并没有在主控器上登记。她非要拿到这张CD不可！于是她连想也没想，就去按苏吉妲的门铃。苏吉妲在影像对讲机上应门。

“什么事？”

“苏吉妲，是我，请让我进去。”

“‘我’是什么意思？我不认识你。”

“苏吉妲，你不会相信这件事的，但是，是我，艾苏其娜。”

“什么？是呀！没错！”

说完这句话，苏吉妲挂了话筒。她的影像也从荧屏上消失。艾苏娜又按了一次铃。

“又是你？听着，你再不离开，我就要报警了。”

“好啊，去报啊。我想他们对你在哪里买那些虚拟实境书给你祖母一定会很有兴趣的。”

苏吉妲没有回答。她说不出话来。这女人到底是谁？她又怎么知道那些给盲人的书？这世界上只有一个外人知道那些书，那个人就是艾苏其娜。

“苏吉妲，请让我进来，我会解释一切的，好吗？”

终于苏吉妲照做了。

艾苏其娜说着自己的遭遇时，苏吉妲开始感到自己的心离她近了。她不再视艾苏其娜为敌人，也不把她当成令她嫉妒的上等人物。她头一次把艾苏其娜看成可以交往的朋友——虽然后者属于高度演进者所参加的“演进党”。她俩之间的阶级冲突一向都是相当大的障碍，而最近因为一项新的政府规定变得更为激烈。政府规定所有演进党成员在其气息中都必须显示一个看得见的标志：在大约前额高度之处要有一颗六角星。这么做的目的是要能立刻辨认出演进党成员，这样子他们才可以在各地都得到较好的待遇。演进党人拥有多种好处，包括在太空船、旅馆和度假地享有最好的招待。更重要的是，只有他们才有资格从事担负责任的工作。这非常合理，毕竟谁也不会想到要把国家资源交到一个非演进党成员的手中。相反的，由于他们犯罪的过去和缺乏精神上启发，他们几乎一定会窃取国库的钱财，这几乎是确定的事。

对苏吉妲而言，这是非常不公平的。如果别人不给非演进党成员机会去证明他们正在演进，他们要怎么突破那么低的精神等级？只因为他们曾在一世的生命中捣了点小蛋，在这一世里就要被贴上贱民的标志，这根本不公平。他们必须争取行使他们自由意志的权利，“天道好还党”的成立，就是为了这个目的。

苏吉妲是个热心参与政党活动的人，而她最大的愿望就是获得遇见她绝配灵魂的权利，就像她那个演进党邻居那样。她发现艾苏其娜和罗德里戈终于见面的那天，她多么羡慕她呀！但是看看命运是怎么作弄人的吧！现在她们两个人可以说是同病相怜了：焦急、被人抛弃、狂乱得不顾一切。

苏吉妲的表情柔和多了，艾苏其娜告诉她自己的爱情故事时，她也感动得流下泪来。两个女人像老友般互相拥抱，并且互相保证守住彼此的秘密。苏吉妲不会说出艾苏其娜的真实身份，艾苏其娜也不会对任何人提起苏吉妲买给祖母的虚拟实境书。

既然彼此互相信任，苏吉妲就问艾苏其娜：星期一艾苏其娜要把文件交到“前世监管中心”的时候要怎么办？因为他们给她拍的气息图不会符合她的新身体。艾苏其娜张口结舌。她根本没想到这一点。当你一心一意只求保命的时候，你一定无暇顾及全局。她要怎么应付？然后她想起来，那天她还没有把文件交上去，那个窗口就关了。这样的话，她就可以到别的地方给她的新身体拍气息图，代替在“前世监管中心”拍的那张图，然后……突然间，艾苏其娜面无血色。她现在有了新的身体！当她移植灵魂的时候，她没有考虑到那枚微电脑就留在她那具旧身体里了。这回可真的有大麻烦了！没有那枚微电脑，她根本到不了“前世监管中心”附近任何地方，因为他们会把大楼周围一条街内每个人的思想都拍摄下来。她必须立刻找到狄耶斯博士，好让他在她脑子里再装上另一枚微电脑。

艾苏其娜深吸了一口气，再敲了敲狄耶斯博士咨询室的房门。因为博士的气息话机铃一直是忙音，她只得爬上十五楼。话机一定是出故障了。又因为她的新身体没有登记在她办公室电磁保护场内，她无法使用办公室里的气息话亭，所以她只得一步步爬上楼来。待她或多或少平复了呼吸，她便敲了好友的门。门是半开着的。艾苏其娜把门推开后，立刻明白为什么狄耶斯博士的线路在忙了，因为博士已经死亡，而他的身体正倒在气息话亭的门口，阻碍了关上话亭的机械装置。博士的死亡方式和留胡须的陌生人一模一样。

艾苏其娜感觉到自己无法呼吸。这是怎么回事？这是一星期之内的第二件谋杀案。她开始发抖。就在这时候，她听到狄耶斯博士的非洲堇正静静哭泣着。狄耶斯博士和艾苏其娜有相同的习惯，也让他的盆栽植物和植物扩音器连线，艾苏其娜觉得一阵恶心，立刻跑到洗手间吐了起来。她必须离开这幢大楼。她拿着非洲堇逃离办公室，如果她不带着它，它会哀伤而死。

艾苏其娜躺在床上。她感到孤单,非常孤单。哀伤做不了伴,它只会使灵魂麻痹。艾苏其娜打开虚拟实境机,倒不为看任何特定节目,只是为了要感觉身边有个人。而亚伯·查布洛道斯基立刻就出现在她身边。艾苏其娜往他旁边挤过去。亚伯这时是个虚拟实境的影像,所以并不会感觉到艾苏其娜的出现,因为他并非真的在这里,只是在虚拟实境的播放室里。他在艾苏其娜卧室里的身体是个幻象、虚物,不过它仍然能使艾苏其娜感到不孤单。

亚伯正在讨论前行星总统候选人漫长的一生。布什先生是有色人种,出生在布隆克斯区一个著名家庭中。童年在那里度过,进最好的学校。从小他就展现出从事公职的天然性格,展现无数人道的行为等等。但是艾苏其娜一个字也没听进去。她不在乎亚伯这时说的是什么。她只想知道是谁杀了狄耶斯博士,以及为什么要杀他。他的死亡使她深受影响,不只是因为他是她的好友,也因为没有他的帮助,她休想在"前世监管中心"工作,而这就表示要找到罗德里戈的希望的破灭。

噢,罗德里戈!她和他同枕共眠像是多久以前的事啊!而此刻她却是和亚伯·查布洛道斯基同床,而他只是个可悲而虚幻的替代品。罗德里戈是多么的不同啊。他有一双她见过最深沉的双眼、有最能保护人的怀抱、最轻柔的碰触、最结实最性感的肌肉。她在他怀中的那段时间，她觉得自己有人保护、有人疼爱，她是活生生的！欲望充塞着她身体的每一个细胞，热血在她太阳穴附近狂热地冲击着，她浑身发散着热气，就像上次……就在此时，在亚伯·查布洛道斯基的怀中！艾苏其娜惊慌地睁开眼睛。她真是这么饥渴吗？出了什么事？最难以置信的答案是：她正依偎在罗德里戈身边！亚伯·查布洛道斯基已经消失，只能听到他的声音在警告民众：

“各位目前所看到的人，就是杀害布什先生的杀手嫌疑共犯，目前警方正在追缉当中。”

荧幕上出现一个气息话机号码，好让任何可能见过嫌犯的人都可以立刻与行星总检察官办公室联系。艾苏其娜一跃而起。不可能！骗人，肮脏的谎话！刺杀案那天，罗德里戈是和她在一起的。他和那桩罪行毫无关系。不过尽管如此，她还是很感激他们把罗德里戈误认为嫌疑人，因为这样一来，她才能够和他在一起。她轻轻抚摸着他的身体，然而她的快乐却只有一下子。她心爱的罗德里戈的影像缓缓消逝，代之而起的是和她一起在“消费者保护处”排队的那个同伴。看来那个打算杀她的沮丧的前芭蕾舞女也杀死了狄耶斯博士。

怎么回事？这个人是谁？他要的是什么？他是个精神病患吗？此刻查布洛道斯基的声音正在回答这些问题，说明这个人正是刺杀布什先生的人。气息图测试结果证实了一切。他被人发现因服药过量死在家中。他为什么要自杀？现在又有谁能够证明罗德里戈和谋杀案无关呢？艾苏其娜突然间要应付一大堆问题。她需要的是答案,而且是迫切需要。然而唯一能给她答案的,却是阿纳克雷翁特。她真想重新建立和他的联系,但是她的自尊心却在从中作梗。她才不要去找他。她已经告诉他说她可以处理自己的生活,她正在这么做,不论要付出多少代价。

CD 第三首

宋哥揍包隆冬哥，
包隆冬哥打巴纳比
巴纳比痛殴木其兰加
木其兰加踢了布伦但加，
踢得两脚肿大。

宋哥为什么要揍包隆冬哥？
因为包隆冬哥打巴纳比。

包隆冬哥为什么要打巴纳比？
因为巴纳比痛殴木其兰加。

巴纳比为什么要痛殴木其兰加？
因为木其兰加踢了布伦但加。

木其兰加为什么要踢布伦但加？
因为布伦但加害他两脚肿大。

O. 布法提克

8

那个艾苏其娜固执得跟头骡子一样。从她不跟我说话，并且想到说要独立了以后，她所做的都是把事情弄得一塌糊涂。眼看她蠢事一件接着一件地做，却又不能插手，真教人恼火。我已经说过了：这个丫头已经习惯她自己的好方法了。我可真是受够了！

最糟糕的是，当她陷入沮丧之中时，没有一个人能帮她走出困境。她的失眠症已经好一段时间了。她睡不着觉，除了别的原因之外，还因为她的新身体不能安放进以前旧身体在垫上睡出来的凹处。于是她就坐在床边好长一段时间，然后哭上二十分钟左右，哭的期间擤了差不多十五次鼻涕。然后她盯着天花板盯上三十分钟。过后她对着面向床的大衣柜上的镜子端详自己。她将手伸进睡袍里面，慢慢搓揉着，似乎为了要完全占有这具新躯壳。接着她又哭了二十分钟。然后她像是强迫症似的狼吞虎咽了四片面包、三个粽子、五个蛋挞。十分钟以后，她把吃过的东西全吐出来，弄脏了睡袍。她脱下睡袍洗干净，晾起来。接着她去冲了个澡。在洗头发的时候，她又为了从前那一头长发而难过了起来。然后她才回到床上，像个陀螺一样在床上翻来滚去。

她在那边以一种防备的昏沉状态睡了五个小时，但是却没有一刻想到要听我的劝告。只要她让我同她说话，我会告诉她第一件得做的事就是去听那张CD，那是通往过去的车票。她会在那里找到解开一切的关键，而她却没那么做，因为她觉得没有想哭的情绪！还说自己沮丧呢！

等待的确会消融了希望，这一点是毫无疑问的。艾苏其娜在等罗德里戈回来；我在等她找到脱离这种处境的方法；罗德里戈的守护神帕瓦娜在等我跟她合作；我的爱人莉莉丝在等我完成艾苏其娜的教导，好一起去度假。我们全都因为她的愚蠢而忙得团团转！

她不明白在这个世界上发生的每件事都有原因，不是随便发生的。不论是多么小的一个动作，都会引发我们身边一连串的连锁反应。创造活动有一套完美的运转机制，但是它要平稳运行，就必须让其中每一种"存在"都正确扮演他或她的指定角色。如果不这么做，整个宇宙的节奏都会被打断。因此，艾苏其娜就算只是想要我行我素都不可能！因为即使是一个原子的最小粒子都知道它必须接受上层的命令，它不可以自己做决定。如果身体里某个细胞认为它是自己命运的主人，而随自己心意去做事，它就会变成癌，将有机体的健康功能完全改变。当一个人忘记他是整体的一部分时，这人身上就有"气神性本质"了；当一个人忽视他和宇宙是有关联的这个事实——不论他喜不喜欢这个事实——他就会愚蠢地躺在床上,胡思乱想一通。

艾苏其娜可不像她自以为的那么孤苦;她也不像她想象的那么无依无靠。该死,她怎么会这么笨!她以为她一无所有。但她不知道这个围绕着她的“一无所有”正是支持她的事物,而且不论她在哪里,“一无所有”都会一直支持她;不论她到哪里,这个“一无所有”都会使她身心和谐;这个“一无所有”也总会挑选适当时刻与她沟通,好让她听到它的讯息。人体的每个细胞都带有一个脑部发出的讯息。脑部又是从哪里得到这讯息?从控制这具身体的人类身上。而这个人类又是从哪里得来的讯息?是他的守护神口述给他的,依此类推。“最高智慧”指点我们在创造和破坏之间达到一种平衡。活动和休息则调节这两种力量之间的战争。创造的力量可以给混乱带来秩序。接着是一段休息期,然后才会再需要新的努力去控制混乱失序。如果这段休息期拖得太长,创造就会有危险,因为“毁灭”一察觉到创造已经丧失力量,就会开始行动。这就像突然把原本在阳光下的一盆盆栽移到棚子里,它维持生命的力量就被剥夺了,而破坏的力量就会要它的命。这正是艾苏其娜停滞下来所置身的危险。

一个人的停滞会使全世界瘫痪,宇宙的节奏被打乱。如果有一天,月亮停在它的轨道上不动了,就会造成一场大灾难。如果有一天,云朵也都罢工了,不肯造雨,旱灾就会来临。旱灾会引起饥荒,饥荒若是够严重,人类就要灭绝。瘫痪越是严重,沮丧就越深,沮丧越是深,随之而来的灾祸就越大。

有时候一个人似乎看起来瘫痪了,实则不然,她只是在重新整理自己的内心,使自己最后能够与宇宙和谐并存。当完全的瘫痪发生时,这才是真正的问题。这也正是艾苏其娜目前的情况。她的身体一动不动倒不坏,坏的是她内心里也是一动也不动。她不单不想听我的话,也不听她自己的话。由于她不让自己倾听内在的声音,所以不知道自己该采取什么行动。她无法得到讯息,是因为她的心不准讯息进入。她的心里全是负面的思绪。她必须将它们发泄出来,因为那些思绪阻塞了她的沟通之路。

“最高智慧”使用的是一条直接通路,如果遇到了干扰就会转变方向,结果呢,它的讯息不是很微弱,就是受到误解。这个问题的解决之道是精神上的合作。这种合作不像地球上的那种合作。地球上的合作像是一座金字塔,在塔底的人要听上头人的命令去做,仅此而已,在这种时候,人类才失去为自己行为负责的心,只听别人告诉他们的。不,那是依附,不是合作。

我所说的那种合作,包含使自己和流通宇宙的爱情能量合而为一。要做到这一点,必须放轻松,并且让生命在身体所有细胞中流过。于是爱情这个宇宙的 DNA 就会记得它的遗传信息、它的起源、指派给它的任务。这项任务是独特且个人的——而不是集体的,不是在世间结盟那一类的。只要艾苏其娜能做到这点,她的整个人都可以呼吸到宇宙能量,并且记起自己并不孤独——更不是没有爱的。

要了解爱不是那么容易的事。通常人类会认为他们是经由伴侣发现爱。但是我们在性爱中所体验到的爱,只是真正爱情的一个淡淡的倒影。伴侣只是可以让我们获得“神性之爱”的中间物。经由亲吻、拥抱,灵魂接收所有必要的平静,以使自己合作、并与“神性之爱”相连。但要小心:这并不表示我们的伴侣拥有这种爱,也不是说他或她是唯一能给予爱的人。更不是说如果那人离开了,他就会把爱情一起带走,留下我们无依无靠。“神性之爱”是无限的。它无所不在,无时无刻不是完全可以触及的。艾苏其娜将它限制在罗德里戈怀中那么小的空间里,实在愚蠢之至。但愿她明白:她所要做的只是将她的知觉对其他平面的能量开放,以接受所需的全部爱!但愿她明白:虽然此刻没有人亲吻她、抚摸她或拥抱她,但是她却被爱所包围、爱正在她四周流动!要是她明白她是宇宙所钟爱的女儿,她就不会再感到迷失了。

艾苏其娜把发生在她身上的每件事都怪到我头上,但是她不知道失去罗德里戈是她必须经历的一件事,因为只要她一开始进行寻找工作,她就会慢慢找到对一个困扰人类好几千年的问题的解决方法。这才是她经历所有疑虑背后真正的原因。

此刻有一个起源于宇宙的问题,正在影响这个星球上所有的居民,而她负有解决它的责任。虽然这项任务和我们每个人都有关,但艾苏其娜的自我却把它化为最不重要的事,并且变成个人的问题。她那受到打击、受到伤害的自尊使她相信全世界都在和她作对，而发生的每件事都只影响她一个人。但是她是这个世界的一部分，任何影响她的事也会影响到世界。而这个世界还有比毁灭艾苏其娜重要得多的事要去考虑。况且毁了她也太荒谬了，因为毁灭一个人的时候，它也是在毁灭自己，而宇宙对自我毁灭并没有什么偏好。

要是她能够和我一起在这太空中就好了！她就可以同时看到自己的过去和未来，这样她就会明自我为什么要让罗德里戈消失了。但愿她能看出她的所有可能性并没有随着狄耶斯博士的死亡而丧失！但愿她能看出她手边的选择比博士能给她的要好得多！要是她能正确运用她的自由意志就好了！可恶，那没有那么困难呀！生命绝不会把我们放置在通往万劫不复的十字路口。它只会把我们放在我们能够解决的地方。通常的情形是，人任由自己被自认为无法超越的障碍打败——但再没有一件事比这更错误了。

宇宙会将我们放在符合我们演进程度的状况中。这也是为什么在艾苏其娜这件事上，我一直阻止让她很快见到罗德里戈的原因。并不是因为她演进得不够，也不是因为罗德里戈前世的债仍未还清，而是因为艾苏其娜在面对她目前的情况之前，必须学会更能克制自己的冲动和叛逆。我早知道她会失去自制，而且我还真猜对了！她那混乱的心态使她无法看清真相。

在地球上，真理永远是夹杂在迷惑和谎言中存在的。迷惑来自我们错把不是真理的事情当成真理。真理从不需要在它自己以外去寻找。只要我们和自己交谈,我们每个人都有能力发现真理。艾苏其娜此刻感到迷惑,是十分合理的,因为她在外界遇到的事不外乎混乱、谎言、凶杀、恐惧,以及迟疑不决。她以为真理是像岩石般坚固,但情形并非如此。在面对这个外在世界所特有的普遍失望之际,她应该能够说:我用不着加入这些混乱,即使我知道我四周全是这些混乱,因为"我不是混乱"。一旦她否认身边那些现实是真理,她就能够发现她自己的真理,以及随之而来的平静。由于内在会变成外在,因此个人的平静也会导致全宇宙的和平。但是因为目前艾苏其娜还不能明白这件事,我必须做一些安排,使她能够帮助别人。借着帮助别人,她也能够帮助她自己。

9

艾苏其娜在床上被一阵大声的敲门声惊醒。她打开门,却见到苏吉妲、苏吉妲的祖母、苏吉妲的皮箱,以及苏吉妲的鹦鹉,全都盯着她。鹦鹉看起来很好,但苏吉妲和她祖母却是浑身青紫。

艾苏其娜不知该说些什么,她只能请她们进到房里。苏吉妲便开始诉说她的困扰。她丈夫现在打她已经是一天比一天严重,她再也受不了了。但真正决定性的事件是今天他连她祖母都打了,这种事是她绝对忍不了的。她问艾苏其娜她们可不可以在这里住上几天。艾苏其娜说没有关系。不然她要怎么办?苏吉妲知道她换了身体的事,艾苏其娜可不希望她去告密。当然,她也可以做同样的事,去告发苏吉妲非法弄到虚拟实境书的事,但是她可不想这么做。她的损失要比苏吉妲大。于是艾苏其娜决定将自己的不幸暂时搁置一旁,让她们和自己一起住。反正也只有几天时间。

但苏吉妲一接手厨房,艾苏其娜就开始感到被侵犯了,没错，她祖母急需一杯菩提花茶平复情绪，但是使艾苏其娜恼火的是苏吉妲把鹦鹉笼子挂在早餐桌正上方。这样就挡住了她的视线，况且这表示说，从此以后她们都得鼻孔贴着鸟羽毛吃饭了。

当苏吉妲把她祖母安置在客厅的沙发床上时，她的被取代感更强烈了。老太太性情温和，也不多话，但是她总是个妨碍。现在每当艾苏其娜要到厨房喝杯水，她都得越过她。但是最过分的是苏吉妲占据艾苏其娜卧室的时候。她把她的东西到处乱丢。艾苏其娜只好跟着她，想要重建秩序。比方说，她和善地建议苏吉妲把她那箱“雅芳”化妆品样品放进衣橱里。艾苏其娜不愿去想，万一罗德里戈回来那天看到床中央摆着这么一箱鬼东西，会有什么反应。但是苏吉妲却断然拒绝，她说她第二天要举行演示活动，只有把东西全都摊开，她才能记得住。

艾苏其娜简直不敢相信自己的眼睛。苏吉妲有一堆令人惊骇的没品味的古旧玩意，自己还颇为骄傲。最最可怕的是一个看起来很像原始打字机的奇特装置。苏吉妲在搬动时都是小心翼翼的。艾苏其娜问她那是什么，苏吉妲很得意地答：

“我的发明之一。”

“噢？是吗？那是做什么用的？”

“那是个自动‘通灵板’。”

苏吉妲将这个装置放在床头柜上，开始演示说明，就像她在卖“雅芳”化妆品时的演示一样。这个装置由一台旧式电脑、传真机、一架石器时代的电唱机、电报、秤、药剂用烧杯拼装在一起，连接着一堆由试管、边缘由石英水晶装饰的陶制大盘、木制的除夕舞会用的敲响器组成的东西。大盘子中央是两只手的轮廓线，让人的双手可以安放在那里。

“呃……非常……惊人！这是做什么用的？”

“你什么意思？你从没用过‘通灵板’？”

“是啊。”

“啊，对噢，我忘了，你们‘演化党’都很崇高，了不起，用不着什么机器让你们和你们的守护神接触。不过我们可没有你们的优越感。没有人会替我们做任何事，我们什么事都得自己来。如果我们想知道关于我们过去的任何事，我们就只好拼凑个像这个的蹩脚玩意了！”

艾苏其娜为苏吉妲的抱怨所感动。你在一里外都可以看到她因为悔恨和痛苦而激动万分。身为星理分析师，她知道她不能任由苏吉妲的负面情绪一直像这样反复出现，因此她想要给她一些信心，为她打打气。

“别生气，苏吉妲。我问你这是做什么用，并不是因为我从没有用过‘通灵板’，而是因为我从没有看过‘通灵板’有这么……呃，复杂，这么……不同凡响，这么……创新！你示范一下好吗？”苏吉妲这回比较有信心了，于是立刻平静下来，开始用比较不刺耳的声音说话。

“噢，你看，真的是很容易。如果你想和你的守护神联络，你就把两只手放在这个大盘子上，像这样，然后想你的问题，咻的一下，你的答案就会从传真机上传回来了。而如果你想和已经过世了的爱人谈话，你就调整它，这样就不会有人听到他们说的事——你知道的，万一他们提到什么秘密宝藏之类的事——所以你就用电报发你的问题，你就可以从这里得到你的答案。”

“哇，好神奇！”

苏吉姐感到自己被人欣赏，脸色为之一亮，双颊也开始泛红，和她青紫的瘀伤交相辉映。

“嘿，还不止这些呢！假使有人要卖给你什么东西，比方说是一张唱片或什么古物，也许原本是，比方说，像佩得罗·安方特一样的名歌星所有的，而你想知道它是不是真品，或者是哪个人想要骗你。好，我们就假设那是张唱片，好吗？好，你把它放在这里，”她说着，指向唱盘，“或者，如果它是别的东西，我们就把它放在这个里面，”她指着烧杯，“用这种特别的液体，会把它像碎冰一样分解，然后这台电脑就会列出它全部历史，这是物品本身告诉它的，然后这台传真机上就会印出所有碰过它的人的彩色相片。换句话说呢，你是一举两得，一方面你可以确定别人卖给你的不是烂东西，同时你还可以得到一张你喜欢的明星的免费照片。怎么样？”

艾苏其娜真的惊讶得说不出话来了。这个连小学都没念完的女人怎么可能发明这么一台复杂高明的机器？当然，这机器真正能做到什么地步还有待观察，但不管怎么说，她的创造力真惊人。苏吉妲见艾苏其娜对她的发明真心感兴趣，简直欣喜若狂。

“苏吉妲，我只有一个问题。如果我想知道——比方说——一张床原来的主人，那要怎么办？你怎么知道？”

“你去弄下一小片，放进烧杯里。”

“但是如果是张铜床呢？”

“那么就别买了！别这样，我也没办法每件事都想得到。你知道吗？我们最好就在这里停下吧。”

苏吉妲开始激动起来，艾苏其娜想要避免这种情况，尤其现在她们即将共处一室。

“噢，你还没告诉我那个舞会玩意是做什么用的。”

“噢，那个敲响器是最重要的部分。你四处晃动它，它发出的声音就会改变你要收到短波讯息的那间房里的能量。这是为了要避免魔鬼的干扰。”

“我知道了……”

艾苏其娜无法不对与其他世界通讯感到很大的好奇。自从和阿纳克雷翁特分开以后，她就不知道曾经发生了什么事或是即将发生什么事了。要找到罗德里戈而用不着向阿纳克雷翁特求情，这或许是个机会。

“听着，我可以问它问题吗？”

“当然可以，请便！”

艾苏其娜的请求使苏吉妲受宠若惊，她立刻开始拿着木头敲响器在卧室里四处转动。然后她告诉艾苏其娜该怎样把双手放在大盘子上,当她问问题时她该怎样集中心思。艾苏其娜照着苏吉妲的指示逐字去做,几秒钟之后,传真机就开始传出一个答复:“亲爱的孩子,你很快会见到他了,比你想的要快。”

艾苏其娜眼中噙着泪水。苏吉妲用一只手臂保护般拥住她。

“你明白吗?一切都会顺利的。”

艾苏其娜点点头。她高兴得说不出话来。而苏吉妲更是感到扬眉吐气。这是头一次有人使用她的发明,现在她又知道这个发明可以见效。房里的气氛立刻就不同了。艾苏其娜发现她对苏吉妲小小的关切却有了丰厚的回报。于是她开始看到目前处境的光明面:反正让苏吉妲和她共住几天也是件有趣而有益处的事。很快就会见到罗德里戈的消息使她精神大为振奋,将她心中的乌云全部驱散。许多天来头一次,她的心中没有了压迫感。她想现在或许是听她的CD的好时刻。一旦轻松下来,她才发现自己有多疲倦。她向苏吉妲提议去睡觉,苏吉妲同意。时间已经是清晨三点,这一天可真是漫长。艾苏其娜戴上耳机,躺在床的一边,然后闭上眼睛。

苏吉妲正准备上床睡觉,突然看到虚拟实境机的遥控器。她感到一阵快活,把疲累和瘀青全都忘了。她一直好想有架虚拟实境机,但却没有钱买。她买过最接近的机器是一架普通型的3D立体电视机。苏吉妲在靠她这一边的床沿坐下,按了“开”的钮,开始像个五岁小孩一样一直换频道。艾苏其娜连注意都没注意到。她正闭着眼睛静静听着她的 CD。

苏吉妲像是“非演进党”的任何一个代表人物一样，以一种病态的乐趣仔细看着《克丽丝蒂娜》这个脱口秀节目。今晚节目现场正播出一处流放行星监狱的实况。经由一种心像摄影机的装置，重刑犯的思想正被转换为虚拟实境的影像。虚拟实境机的观众会被转送到乱伦、强暴、谋杀等正在发生的现场。苏吉妲很高兴。自从求学时期校方用同样的教学法教导他们战争的可怕之后，她就再也没有感受到如此强烈的情绪了。他们在上课时被放进战火当中，让他们可以闻到死亡的气息、可以亲身体验到战争的痛苦和恐怖。谁都知道人类要想学到东西，唯一的方法就是经由感官去体会。官方希望在这种直接暴露于战火的经验过后，没有人会想要发动战争或折磨别人或犯下任何非法罪行，因为他们都知道那是什么样的感觉。

然而事与愿违。不可否认的，犯罪得到了控制，但却不是因为人已经学到了教训，而是因为科技的进步。在布什先生被杀害之前，多少年来从没有一个人胆敢杀人。但这不是因为他们不想杀人，而是因为他们怕受到处罚。新的设计和装置代表着谁也躲不开被逮住的命运。于是人类别无选择，只得学习压抑他们的犯罪本能。这并不表示他们没有这些本能，差得远呢：《克丽丝蒂娜》、《欧普拉》、《唐纳休》、《莎利》等脱口秀节目惊人的收视率就可以作证，通过这些节目的虚拟实境机，观众可以用替代的方式体验各种下三滥的情绪。政府准许这些节目播出，因为它们可以宣泄杀人的冲动，使这种冲动比较容易控制。

苏吉妲简直无法相信能够身处事件发生现场。她置身女星沙朗·泰德被杀现场，觉得刺激无比。她好喜欢恐惧流经全身、使她起鸡皮疙瘩、头发竖起、声音也瘫软的感觉。暴力使她作呕，但是，她就像任何受虐狂一样，认为这正是乐趣的一部分。接着是广告，就在她受苦受到一半的时候！苏吉妲火大了。她狂乱地转换频道，要找一个类似的节目。突然她看到一团火红的光芒：岩浆一向对她有催眠般的力量。

电视台正在柯玛星现场播报。伊莎贝尔·冈萨雷斯正在火山爆发的生还者之中行走，她带着灾难救济品与一群人去到那里。她要用这个举动作为她竞选活动的开场戏。多亏虚拟实境的传送，苏吉妲突然间处在一个观赏的理想位置；就坐在伊莎贝尔和亚伯·查布洛道斯基的中间，后者不停地称赞伊莎贝尔在这一百五十年中保养得真好。“怎么会不好！”苏吉妲想。伊莎贝尔做了多年的星际大使。每次旅行她都会因为各行星之间时间的差异而少掉好多岁。当她从一次一周的旅行返回时，她发现地球上已经过了五年。但即使伊莎贝尔的确看起来年轻，苏吉妲也不愿和她交换位置。苏吉妲只想到伊莎贝尔在那失去的几年中原本可以吃下多少薄馅饼，而她又错过了多少次的新年舞会！

伊莎贝尔开始在火山爆发的难民之间发放三明治，而所有的原始人也都冲上前去接受他们应得的一份。伊莎贝尔的保镖跨上前保护她，对冲上来的人厉声叱责。

苏吉妲从床上跳起，开始大叫：“艾苏其娜，艾苏其娜！看哪！”

伊莎贝尔的两名保镖竟然一个是那假扮气息话机公司的工人，另一个却是……艾苏其娜！呃，说得正确一点，是昔日的艾苏其娜，因为现在是一个不同的人占有了她的身体。恍惚中，艾苏其娜睁开眼睛看是什么事。她看着伊莎贝尔的警卫将她推离那些饿肚子的野人暴民。艾苏其娜看到一个卫士用着她从前的身体、旁边站着那个假扮的气息话机公司工人，大惊失色。但当她看见伊莎贝尔走近一个坐离其他人的男人时，她才几乎要昏倒，罗德里戈！苏吉妲叫醒她的时候，她正梦见他，因此现在她不知道眼前所见的仍然是她的幻想的一部分呢，还真正是他本人。

罗德里戈正小心翼翼地用一块石头刻一根木匙。他一见到伊莎贝尔走近，立刻站了起来。她递给他一份三明治，但他并没有收下，反而走向“前”艾苏其娜，抚弄她的脸，想要认出她来。“前”艾苏其娜变得很紧张。伊莎贝尔觉得挺有趣。苏吉妲则大为震怒。艾苏其娜全心全意地又抚摸了罗德里戈一小段时间。时间虽不长，但也够教她怀着无尽的失望看着他消失在空气中。柯玛星的影像已换成在练习场上的美式足球球员。新闻报导已换作体育新闻了。苏吉妲和艾苏其娜互看着彼此。艾苏其娜无望地哭着。

"那就是罗德里戈！"

"那个男人？"苏吉姐为他所处的可怜状况所震惊。

"是的。"

"而那就是'你'！"

"是的。"

"你的未婚夫在柯玛星上做什么？"

艾苏其娜不知道。她只知道自己的处境是一团混乱。如果一个想杀她的人和一个偷了她身体的人都是伊莎贝尔的私人保镖，那么这一切行径伊莎贝尔一定有份。如果伊莎贝尔也牵扯在这里面，那么她有一个重大的有利之处：权力。由于她有权力，那么和她正面作对就会是噩梦一场了。

艾苏其娜很快将伊莎贝尔想要杀她的理由列出来。伊莎贝尔可不可能是布什先生刺杀案的幕后主使人？但是她为什么挑上罗德里戈作替罪羔羊？谁知道这件事？还有，她一定也查出在犯罪当晚整个晚上罗德里戈都和艾苏其娜在一起，因此下一个合理的步骤就是下令消灭他的不在场证明，也就是艾苏其娜。

好，但是伊莎贝尔的下一步棋会是什么？姑且说伊莎贝尔让罗德里戈当刺客是十分有利的事，但是她要如何阻止他向当局申诉？也许她根本没有要让他申诉的计划。也许这正是她把他弄到柯玛星的原因：让他一辈子待在那里。也许……也许。艾苏其娜不明白的是，伊莎贝尔居然冒着真相被揭穿的危险。万一就在那时一个观众认出了罗德里戈而告发，会发生什么事？这才是个大问题。艾苏其娜找不出跳脱这两难局面的方法，但没有分析能力的苏吉妲，反而一下子就掌握了情况。

“我们必须找到你的未婚夫，把他带回来。”

“不行，警方也正在找他。他们说他涉及布什先生的被刺案。但这不是真的，那天晚上他和我在一起。”

“没错，这一点我可以发誓。你那张床发出那么大的嘎吱声，我根本睡不着觉。”

艾苏其娜回想起那个充满情爱的夜晚，哭得更大声了。

“别哭，警方在搜索他也不要紧呀。我们给他一个不同的身体，问题就没有了。我们已经不是生活在我祖母那个时代了，那时候的人会说：‘房子着火了，孩子们也都走了，我真伤心！’不，在这种时候，你必须打起精神面对。擦干你的泪，去战斗！”

艾苏其娜停止哭泣，乖乖听从苏吉妲的指导。她再也承受不住了，她在短暂的时间里受到太大的打击了。她失去了绝配灵魂、几乎被谋害、被迫进行灵魂移植、发现好友被杀、亲眼看到她心爱的身体被一名刺客占有，最后，她找是找到罗德里戈了，但是却是在很糟糕的情况下，既危险人又在一个她根本无法触及的地方。这些已经超过她能负荷的了。她深切地感到脆弱、孤独、气力尽失，无法做出决定。

“我们明天一大早就得离开。”

“我们怎能离开？我没钱，你有的更少！而星际飞行又那么贵。”

“是呀，那不便宜，但是我们会找到方法的。”

苏吉妲和艾苏其娜面面相觑了一会。然后突然间苏吉妲眼中闪现明亮的光芒，这个灵感也传给了艾苏其娜。艾苏其娜立刻明白了，两人一起喊：

“好家伙胡利多！”

艾苏其娜开始要放弃希望了。胡利多的星际太空船其实倒像辆牛奶车，在地球和柯玛星之间的每一个星球上都要停。每当它登陆时，艾苏其娜都会感到宇宙像是经过剧烈震动再停下来一样。她问过胡利多直飞的可能性，但是她的老友却一口回绝，并且尽可能含蓄地提醒艾苏其娜：她没有资格要求任何事，因为她是免费搭便车的。况且胡利多非得停在每个星球不可，因为除了“星际斗鸡号”飞往低度演进行星的例行飞航外，他还有两项副业，为他带进收入的大半，这两项副业是门对门接送小朋友和快递伴侣。

在最遥远的太空殖民地上，有些一直没有结婚或是没有孙辈的老年男女，他们都会因此而十分沮丧。胡利多就想到一个聪明的点子——出租孙子和孙女。这段时期正是旺季，因为孤儿院正开始放暑假。他另一项需求颇殷的生意是快递先生及妻子。年轻的成年人被派往遥远的星球上做一项长期的特别任务时，他们常会有荷尔蒙分泌的问题。由于他们不宜和当地星球上的居民发生性关系，他们在地球上的伴侣就常会派出一个代用丈夫或妻子去满足他们的需求。还不只是如此。如果伴侣有特别需求，这些代用情人还会背一些短文和诗句，在两人亲热时在客户耳边念出来。

这些也正是何以这艘太空船——除了装载斗鸡、街头歌手、小明星及斗鸡表演者之外——塞满了孩童和代用丈夫及妻子的原因。艾苏其娜觉得自己要发疯了。她需要安宁和平静去重整她的思绪，而太空船中超乎一切的混乱对她而言太过分了。孩童四处奔跑，街头歌手和一位伟大的佩德罗·安方特转世的歌手在练习《爱慕的心》这首歌；代用伴侣和小明星练习他们的例行工作、苏吉姐的失明祖母练习钩针活、苏吉姐酒醉的丈夫练习他的呕吐、斗鸡在练习它们的啼叫——卖给艾苏其娜身体的"土狼"则在练习让一个小明星和一只公鸡交换灵魂，不过没有成功就是了。

在这种情况下，艾苏其娜只有两种选择：不是被这种混乱弄得发狂，就是随遇而安，自己也去练习点什么。她决定预演她一见到罗德里戈就要给他的亲吻。于是她把食指放在双唇之间，一次又一次练习着香吻能产生的最佳感觉。然而当一个代用伴侣向她建议和她一起练习时，她就停下了。被人发现，她感到很尴尬，于是她的结论是她最好和船上那些疯子们保持距离。

像千百年来所有的情侣一样，艾苏其娜希望能独自一人，希望能够以更深切的安宁想着罗德里戈。其他乘客使她分心，也让她心烦。但是既然她无法使他们从船上消失，也只好闭上眼，退回自己的回忆里。她需要重建对罗德里戈的印象、给他形体、忆起与他合而为一的神妙、再次体验那些自我满足、完整、无拘无束的感觉。只有罗德里戈的出现才可以给她的现实带来意义；只有照亮他笑容的光芒才能够让她挣脱使她灵魂枯萎的哀伤。很快就能见到他的念头给了她新的生命。

她戴上耳机，开始听 CD。她只要能在一个和现在所处不同的世界中就满足了。对于音乐可以引发她重回与罗德里戈生活在一起的前世，她早已不抱希望。前一天晚上她已经听完整片 CD，本希望能听到她在"前世监管中心"接受测验时听到的音乐，但却一无所获。如今她已知道这张 CD 上的音乐不是她在寻找的，她反倒能够放轻松，并沉浸在其旋律中。说也奇怪，正因为她放松了非要回到前世的坚持，她才能够让音乐自由地流进她的潜意识中。很轻松、很自然地，她回到她十分好奇的前世中。

CD第四首

ERIA

苏吉妲摇醒艾苏其娜,也突然打断了她的神游。艾苏其娜心扑通扑通跳着,几乎喘不过气来。苏吉妲看到艾苏其娜的表情,很后悔打扰了她,但是她也别无选择,因为她们即将要降落在柯玛星上了。苏吉妲恨不得踢自己一脚。艾苏其娜脸色通红,汗水从太阳穴附近一颗颗滴下。苏吉妲很确定艾苏其娜一定是在做和罗德里戈有关的春梦。她请求艾苏其娜原谅,但艾苏其娜对她却是视而不见、听而不闻,因为她完全沉浸在自己的思绪中。

这么说来,她和伊莎贝尔在前世就认得了!这怎么可能?许许多多年过去了,但伊莎贝尔看起来却完全一样。事情越来越复杂了。在那个前世里,伊莎贝尔不是应该是特蕾莎修女吗?那么这位"圣者"怎么可能杀了还只是个婴儿的艾苏其娜?答案很简单,因为伊莎贝尔根本不是"圣者"。她是个骗人的贱人,让人家相信她曾经是特蕾莎修女,实际上一九八五年的伊莎贝尔和二二〇〇年的伊莎贝尔并没有什么两样。

艾苏其娜很快计算了一下。如果她与一九八五年害死她父母的墨西哥市大地震中所见到的是同一个人,那么伊莎贝尔可能就不是一百五十岁,而是两百五十岁了。谁能替她捏造前世是特蕾莎修女的事呢?只有一个人可能:狄耶斯博士!他一定是替她伪造了一个前世,并且记录在一个和他植入艾苏其娜体内一样的微电脑内。事情开始有了头绪了!

显然,当狄耶斯博士做完她所要的事之后,伊莎贝尔就叫人把他灭口,免得他去告诉别人。这说不定也正是何以她要下令杀掉艾苏其娜的原因。艾苏其娜不单是罗德里戈的不在场证明,还是见证伊莎贝尔曾生活在一九八五年的目击证人。还有呢!她还可以作证,证明伊莎贝尔杀了当时还是婴儿的她。如果一个人有前科——至少在行星总统选举前十世有前科——那人就不准去参加竞选。如果有任何人得知伊莎贝尔在一九八五年犯下了杀人罪,她的资格会自动取消。

但是有些事却不对劲。如果伊莎贝尔在艾苏其娜尚是婴儿时杀了她,那么伊莎贝尔应该认识罗德里戈,因为在那一世中,罗德里戈是艾苏其娜的父亲。而如果她认识罗德里戈,她为什么不也叫人把他杀了?可能是因为当她杀人的时候,罗德里戈已经死了,不可能看过她。谁知道呢?还有一件事,如今既然伊莎贝尔在柯玛星遇见罗德里戈,他的生命会危险到什么程度?有一件事可以确定:伊莎贝尔是个极端危险的人物,艾苏其娜必须避开她。

艾苏其娜喝了一小口苏吉妲拿给她的温玉米粥,立刻就感到十分暖心。艾苏其娜是个孤儿,从没有人为她张罗一切,这是头一次有人只为了要让她好受而为她做件事。苏吉妲费了这么大麻烦,使她深为感动,而从这一刻起,她开始爱她了。

10

就像往热玻璃杯里注入冰凉液体后会爆裂一样，艾苏其娜见到罗德里戈后，她的心都碎了。她的灵魂没有准备好接受如此冰冷的目光。他用冷冷的目光直盯着她，仿佛她是个陌生人，而把她对这次重逢的所有希望全部冻结。

找到罗德里戈不是件容易的事，因为他一直和部落的人保持距离。他因为经常需要把东西整理得井然有序，所以要等到那些原始人草率的漱洗仪式结束、去打猎了以后，他才开始一天的事情。艾苏其娜找到他的时候，他还在山洞里捡拾弃置的三明治包装纸，并且折好、一张张叠在一起。从他来了以后，山洞里发生了巨大的改变。再也没有遍布四处的排泄物，角落里也没有腐烂的食物残渣，升火的木柴也都整整齐齐堆放着。一见艾苏其娜，罗德里戈就停下他的工作，把注意力放在眼前这个张开双臂对他微笑的金发女人身上。他不知道她是谁，或是她从哪里来。显然她不是从柯玛星的哪个山洞里来的。很明显，她和他一样，也不属于这里。

罗德里戈的无动于衷使艾苏其娜仓皇失措。她只能把理由归诸到他在她这具新身体上认不出她来。于是她重新振作起来,迅速解释说,虽然身体不同,但是她仍然是艾苏其娜。

罗德里戈茫然地瞪着她,重复道:“艾苏其娜?”

这时艾苏其娜才真的迷惑了。她曾经仿照最好的电影传统梦想过两人浪漫的重逢:罗德里戈看到远方的她,便以慢动作向她奔过来;她穿着一身白纱长裙,薄纱在风中飘动;他穿得像个二十世纪的迷人男子,雅致的亚麻休闲长裤、一件丝质衬衫,衬衫钮扣扣上一半,露出他那强壮的男性胸膛。背景音乐只可能是电影《乱世佳人》的主题曲。两人扑向彼此的怀抱,像是罗密欧与茱丽叶、崔斯坦与伊索德、保罗与弗兰切斯卡。而后他俩身体中迸发的音乐会天籁般合而为一,将他们的相遇变成著名恋人传说中一个无法忘怀的时刻。

事实上呢,是她站在那里,面对着一个毫无生气的男人,他无意碰她,不肯开口说一个字,不让她凝视他的眼睛、更用他的漠然态度冰冻了她的心,让她感觉自己像个时空错乱的产物。她觉得自己像是在太空船上为了冒充斗鸡表演者而穿的农妇裙上的小亮片一般可笑、像选美者脸上的笑容那么勉强、像结婚蛋糕上的蟑螂一样不受欢迎。

这种事怎么会发生?难道她那些不眠不休的夜晚所等待的就是这个?她要如何忍住那蠢蠢欲动的亲吻?她要狂热地拥抱谁?艾苏其娜转过身去,开始跑了起来。在山洞口她撞到苏吉妲、苏吉妲的丈夫和那个走私躯体的“土狼”。她把他们推开，继续跑着。苏吉妲把两个男人丢在山洞里，出去寻找艾苏其娜。她发现她流着泪靠在烧焦的树干旁。

“怎么啦，你身体不舒服吗？我也是。我已经吐过了，那个胡利多一定以为自己是个试飞员，把太空船那样上上下下地冲。可是你怎么啦？你哭了。”

艾苏其娜放声大哭。苏吉妲用两只肥胖的手臂搂住艾苏其娜，把她紧紧拥在自己柔软的胸部。艾苏其娜沉入她的怀中，头一次明白在母亲怀里是什么样的感觉。她于是不自觉地回到童年，并且用孩童般的声音向苏吉妲抽抽搭搭地说起所有的失望，苏吉妲又哄又劝，像妈妈一样。

“和你未婚夫吵架了吗？”

艾苏其娜摇头。

“那你为什么哭？”

“噢，苏吉妲。”艾苏其娜伤心不已地哭着，苏吉妲不停为她拭泪。

“男人全都一样，他们早就应该被我们的眼泪浸成腌泡菜了。这些四处拈花惹草的畜生！他又有新情人了，对吧？”

“不是的，苏吉妲，他甚至不记得我了。”

“不记得你？”

“是的，他不知道我是谁。他认不出我。”

“哎，可不是嘛！你想会不会是他们给他施了什么魔咒？”

“魔咒？不是那种事！而是神不爱我了。它讨厌我。它开我的玩笑，它让我相信爱情，好让我沦落到这种凄惨的地步，但是，结果呢，爱情根本不存在。”

“不，不，不要这样说。如果神听到了，它可会生气的。”

“让它去气好了。那么它也许就不会来烦我了。我烦死它和它那群守护神了——它们只会把我的生活弄得乌烟瘴气！”

“听着，你有没有想过，发生在你身上的事是必须要发生的？”

“但是为什么呢？苏吉姐？我没有对任何人做过任何事啊。”

“也许这一世没有，但是其他世呢？你根本不会知道！”

“我就是知道！而且我跟你发誓，我其他世所做的一切都已经偿清了。这真不公平。”

“我可不相信：在这一世，没有什么事是绝对公平或不公平的。”

“才不是这样！”

“好吧。但是我们别争了，你为什么不去问你的守护神，看他怎么想？”

“我才不要听他说话。我之所以会到这个地步，就是因为他不帮我，他就任由他们糟蹋我的生活。在我最需要他的时候，他放弃了我。我再也不要同他说话了。事实上，他最好不要出现，否则我会把他打到瘫痪！”

“嗯……那么我们可真是束手无策了，是吧？”

“不对，才不是！我可不是什么无助的白痴！”

“我没说你是，况且你要怎么去过你的生活，和我完全无关，但是我知道，发生的每件事都是有理由的。不然你认为我祖母的骨头是毫无理由就得了关什么炎的吗？”

“关什么炎？关节炎！”

“是呀，在她屁股上！她几乎连路都不能走，而这是因为她曾经是皮诺切特手下的将军。至于你，你需要回到你的过去，去找出这些可怕的事情会发生在你身上的原因。”

“但是我不能。只要我心情沮丧，我就无法回到前世。”

“那么就不要心情沮丧，因为如果你不……”

苏吉妲想要帮助艾苏其娜的意愿太强烈了，于是她成为了理想的媒介，让阿纳克雷翁特透过她向他的被保护人传达讯息。因此，事前毫无警告，苏吉妲嘴唇中便发出不属于她的字眼。

“因为如果你不……因为……你仍然不明白的是你活在一个很特别的时刻中。身受极大的苦，没错，但是要在这样的时刻，人才会承认他会感到不好受。一旦你承认了，就会有一扇真实的、非常真切的门打开，让你有可能找到内心的和谐。

“在这种开放的状态中，你会明白你可以在地球上获得真正的快乐。你现在不会有那种感觉，这是非常合理的，你受了许多苦，但是很快你就会开始看清楚了。你将会开始觉得发生的每件事都是平衡世界的一部分。从当成礼物送人的玫瑰,到用来打你的大棒。每样东西都有存在的理由。那么为什么人们总是要通过大棒行动?世界已经变成一道永无终止的'他这样对我,我就要这样对他'的锁链。当一个人停下来,不要以恨相待,而是以爱对待时,这条锁链就中断了。到了那一天,你就会明白,一个人是可以爱他的敌人的。无数的先知早就告诉了我们这一点。而到了那一天,你会对所有发生在你身上的事一笑置之,你会将它视为整体的一部分而接受它,你也会容许你的心带领你到它所愿意去的地方,去到那未知之处,去到那开始之处。

"不是地球的开始,尽管那已经够困难了;而是那从没有人到达过的真正开始。因为即使人类已经说话、书写、探索得如此之远,仍然没有找到足够的力量,回到开始的开始。当我遇见你的时候,我知道你拥有这种力量。你想要借着与你的绝配灵魂团聚去找到内心的平静和平衡。你努力奋斗,想在罗德里戈身上找到你自己,这一点很好。但是让我告诉你一件事:在你的奋斗中,你真正发现的人将是你自己。这样说听起来好像是同一件事,但是其实不是。

"经由内心和谐恢复平衡和经由与另一人重聚来恢复平衡是不同的,即使那另一人是你的绝配灵魂。那么你要怎样达成这一点?要扩展你的意识,使它能包含四周的每件事物。比方说,此刻你很哀伤,于是哀伤包围了你。外在世界给予你的只有痛苦。你能怎么办?扩大你的意识!你以一小口一小口啜饮的方式喝下、吸进哀伤、将它捕捉在你内心、让它到你身体最远的角落，直到外在已经没有留下任何哀伤了，如此去拥有你的哀伤。到了这个时刻，会有什么围绕着你？就是一旦你把所有的哀伤都引进体内之后？”

“什么呢？”艾苏其娜问。

“快乐呀，当然的！所以你必定不可以害怕哀伤或痛苦。你必须学会在它们当中欣喜、去接受它们。你抵挡什么东西，那东西就会长存不去。如果我们抵挡受苦，它就会一直在那里，包围着我们。而如果我们接受它，知道它是生命的一部分，是整体的一部分，并且让它进入我们心中，让它走它的道路，我们就会被快乐和喜悦所包围。所以去吧，我祝你一切顺利，我的孩子，充分享受它吧！

“还有最后一件事。如果你的意识扩充得够，足以将罗德里戈完全包含进去，你就能看到他拒斥的背后原因，并且发现他不知道你是谁的原因。”

苏吉妲中断了独白，由于太惊讶而说不出话来。她太清楚她所说的每个字都是对她口述的。这是她头一次体验到这类事。艾苏其娜已经不哭了，正惊讶又感激地盯着苏吉妲。然后她眼睛闭上了一阵，再用平静而几乎听不见的声音说：“因为他们消去了他的记忆。”

“什么？”

“罗德里戈不知道我是谁，因为他们消去了他的记忆！”

艾苏其娜欣喜若狂。她拥抱苏吉妲，又亲吻她。苏吉妲也为这个发现而庆贺，不过她们的兴奋却很短暂，因为在这时候，伊莎贝尔的侍从朝着山洞走来。苏吉妲和艾苏其娜跑过去把罗德里戈拖走，免得任何人发现她们在柯玛星的踪迹。

艾苏其娜无法不去盯着苏吉妲的醉酒的丈夫。你很难相信在那个痴肥、肮脏、被酒精糟蹋了的身体里，竟然住着罗德里戈的灵魂。“土狼”做了件漂亮的工作。苏吉妲丈夫和罗德里戈两人的灵魂交换不可能更成功了，尤其你还要考虑到他必须在极其不利的条件下工作。

苏吉妲从太空船的窗户往外看到“前”罗德里戈的时候，也同样感到惊异。他漫步在族人之中，完全迷惑了。她简直不敢相信她终于把丈夫弄走了。从今天开始，她可以平静地睡觉了。交换身体是一个了不起的主意，原因之一是，它可以让艾苏其娜将她心爱的人——或者至少是她心爱人的灵魂——带回地球，而不会使警方因他涉入布什先生刺杀案将他逮捕；原因之二是，她自己也重获自由了！太空船越早离开柯玛星，她越是快乐。

与此同时，她快活地看着一个毛茸茸胸膛的原始女人从“前”罗德里戈背后搂住他。她丈夫以为那是她，自动地给了她一掌，原始女人也回敬他一顿痛揍。苏吉妲拍手叫好，泪水流下脸颊。如果这不是神的正义，她可就不知道什么才是了。终于有人以其人之道还治其人之身了。“前”罗德里戈被打得躺在地上，还不知道到底是怎么回事。

不知道的还不只是他哩。上了太空船之后，苏吉妲的祖母对于为什么他们要她坐在那个“死酒鬼”旁边始终不懂。“死酒鬼”是她对苏吉妲丈夫的称呼。没有人能够说服她，使她相信她隔壁那个人是罗德里戈，而不是她孙女的丈夫。由于双眼失明，她都是靠气味和声音来引导，而她旁边那个闻起来一股酒味加尿味的身体，只可能属于苏吉妲的丈夫里卡多。他们一遍又一遍地向她解释灵魂交换的事，坚持说如今占据这具身体的罗德里戈的灵魂是非常纯洁的。为了证明这一点，他们朝他鼻子挥了一拳，罗德里戈没有还手，这正合了苏吉妲祖母的心意。她开始拼命打他，以报复他最近对她的殴打。她对着他大吼，说她生那么重的病，全都是他的错；又告诉他说，对她而言，他永远都只不过是个“死酒鬼”。发泄所有的愤怒之后，她才放松了心情，沉沉睡去。她终于可以安静休息了。

罗德里戈觉得备受委屈，而情绪上的委屈比身体上的委屈更重。又一次，他无法了解是出了什么事。他身上发出的臭味让他嫌恶。他浑身脏兮兮的，全身发痒。他好想喝酒，却想不出为什么，因为他自己一向不怎么爱喝酒。他不记得见过这位才打了他的老太太，老太太打他，据说是他曾经欺负她。他觉得自己好像被这艘怪异的太空船上的一群疯子包围了。他不知道他们要把他带到哪里，或是他们为什么要这么做。

他唯一知道的事是他喉咙中像有东西哽住，又急着想小便。他站起来想去找男厕，但是双腿却无法支撑。右腿整个弯曲，好像脱臼了一样。艾苏其娜冲过去帮忙，她要他躺在地板上，并问他有没有受伤。罗德里戈说臀部有一阵剧痛。当艾苏其娜碰到他指着的地方时，他缩了一下身子。他不能忍受任何人碰触他。

身为经验丰富的星理分析师，艾苏其娜立刻明白罗德里戈的疼痛起源于一次前世经验。它来自于一种隐藏的恐惧，被苏吉妲祖母的攻击所启动。艾苏其娜用安抚语气对他说话，向他解释说他们是朋友，要来救他，他们是要帮助他，不是要伤害他。他们知道他丧失记忆，而他们可以帮助他恢复，因为她是个星理分析师，也是他的……他的知己。罗德里戈瞪着艾苏其娜良久，想要认出她来，但是她的脸孔却是陌生的。

"对不起，但是我不记得你。"

"我知道。不用担心。"

"你真的可以帮助我恢复记忆？"

"是的，我可以。如果你愿意的话，我们今天就可以开始。"

罗德里戈一分钟也不想浪费。他毫不犹豫就点头同意了。说是他朋友的这个女人面孔让他感到很舒服。她的声音让他感到安全。

艾苏其娜要罗德里戈放轻松，深呼吸。接着她指导他做一连串急促的呼吸，之后她要他大声重复说"我好害怕！"罗德里戈一一听从她的指示。到某个时刻,他的面孔和呼吸改变了。艾苏其娜看出他正在接触他前世的记忆。

“你在什么地方?”

“在我家的餐厅……”

“那里发生了什么事?”

“我不想看……”

罗德里戈哭了起来,他的脸上露出极为痛苦的表情。

“你跟着我说:我不想看到这里发生的事,因为那太痛苦了。”

“不,我不……”

“在那一世里,你是男人还是女人?”

“女人……”

“他们对你做了什么事,使你那么害怕?是谁伤害你?”

“我的小叔子……”

“他对你做了什么事?”

“我不想……我不要……”

“你不要什么?”

“不要他……强暴我。”

“我们回到那个时刻去。发生了什么事?”

“好可怕……我不想看到它……”

“我知道那样很痛苦,但是如果我们不去正视它,我们就不会有任何进展,你也不会治好。能够谈谈总是好的,不管它有多糟。”

“我刚刚知道我怀孕了，而……”

罗德里戈的啜泣显得越发痛苦。

“而……对我来说，怀孕是件多么神圣的事……但他却把一切都毁了。”

“怎么毁的？”

“我先生喝醉了，就睡着了。我正在收拾桌子；而……”

“然后呢？”

“我看不见……我什么也看不到……”

“再说一遍：我不想去看，因为那太痛苦了……”

“我不想去看，因为那太痛苦了。”

“你现在看到什么？”

“什么也没有，一切都是黑的……”

苏吉妲无法听到他们的对话，但是他们的动作手势无一逃得过她的眼睛。她因为极力想要听到他们话中一两个字，于是开始听到阿纳克雷翁特一直想传给艾苏其娜却传不进去的讯息。罗德里戈说不出来是有两个原因的，第一，他和艾苏其娜同样有情绪的障碍；第二，他还有一个很严重的障碍，是由于记忆被截断所造成的。但是如果艾苏其娜可以借参加“前世监管中心”测验时所听到的音乐超越障碍的话，罗德里戈说不定也可以，因为绝配灵魂对于相同的刺激都会有反应。

苏吉妲等了一分钟，想看看艾苏其娜有没有注意到她的精神导师，眼见她并没有注意，便决定以专业中间人身份提供服务；将守护神的讯息传给她，即罗德里戈必须听她CD上的咏叹调，而同时她要用一台心像摄影机记录下他重返前世的过程。艾苏其娜不知道要到哪里去找这么一台摄影机，但是苏吉妲记起来，胡利多每次旅行时都会带一台，以侦测可能出现的捣蛋分子。艾苏其娜一天比一天更觉得苏吉妲令她惊异。这里有一个人是她可以指望解决所有问题的人。这女人简直是个天才。于是两人立刻去借来胡利多的心像摄影机，并在罗德里戈面前架好。他们又很快地把CD机的耳机戴到罗德里戈头上，开始播放一首爱情咏叹调。

CD第五首

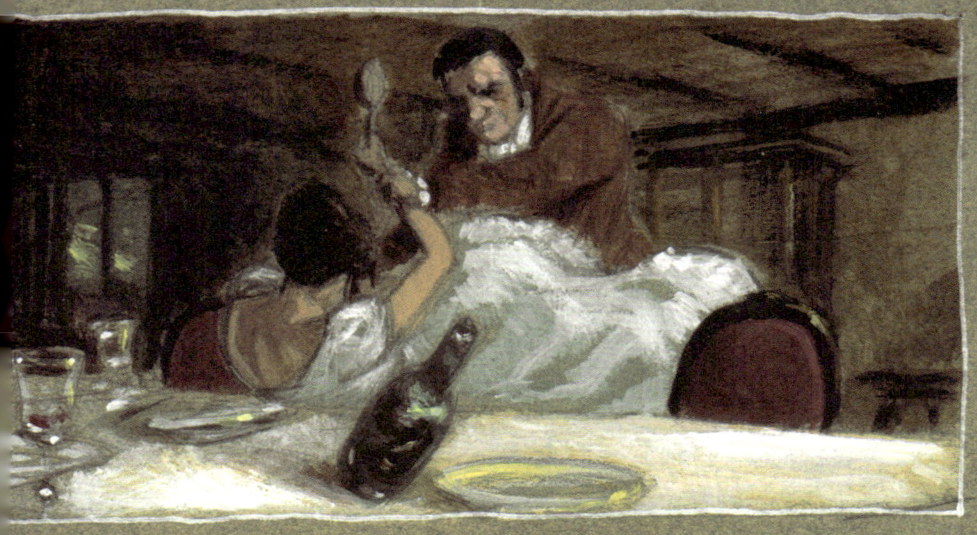

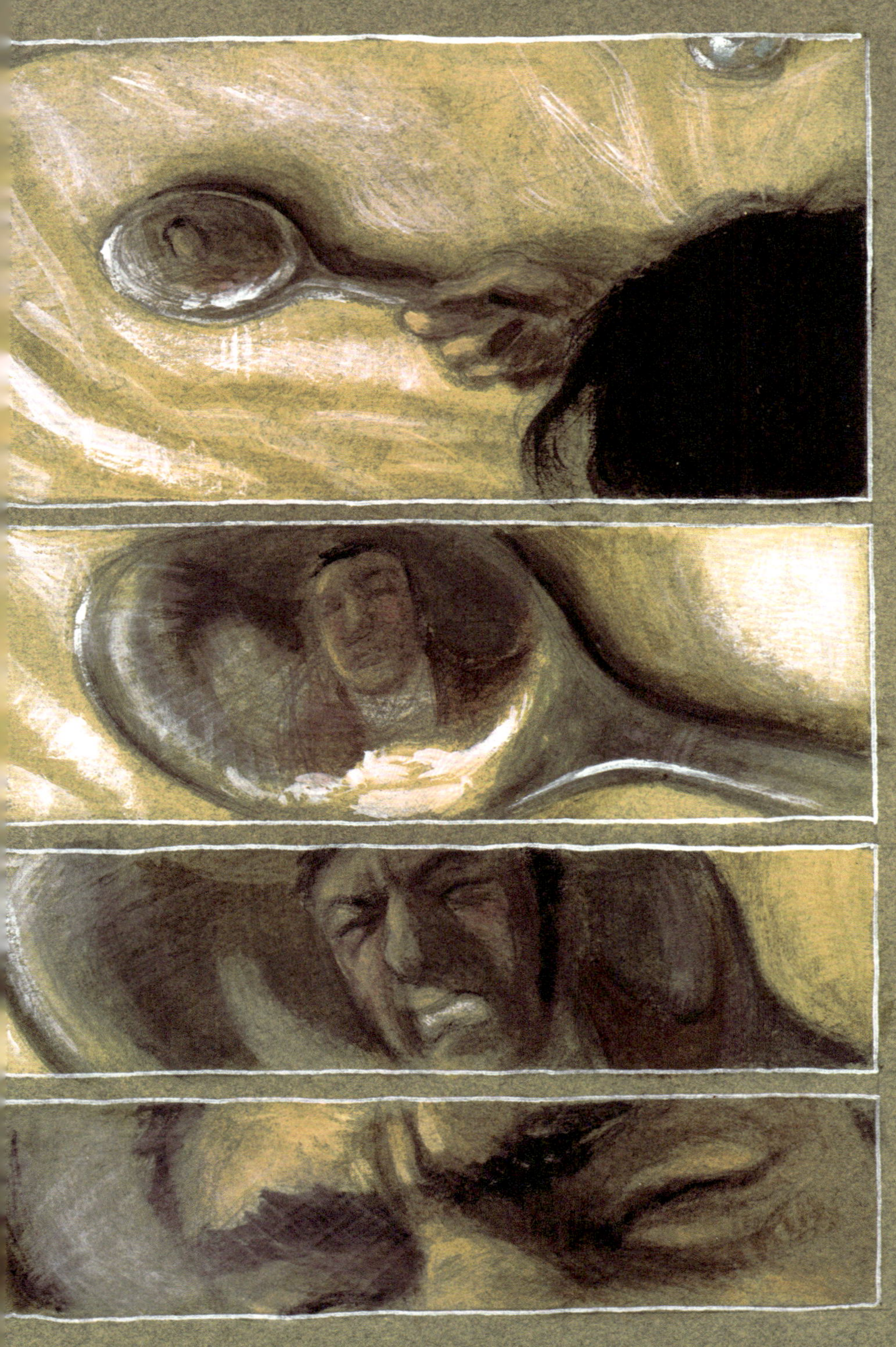

最后一个影像出现之后，摄影机荧幕上出现一道道横波。为了逃避，罗德里戈已经睡着了。显然他的障碍要比艾苏其娜的更为顽固。即使如此，此刻她握有的心像也仍然会有相当大的帮助。她不太情愿地开始翻看这些，想看看罗德里戈记起的是什么。她的第一次震撼来自她认出他所忆起的餐厅正是她在一九八五年那一世时的卧室。她认出了在地震那天几乎要砸落在她身上的彩绘玻璃窗。除了这一点以外，罗德里戈那一世的餐厅和她那一世的卧房简直有天壤之别。他的房间正处在那幢房屋的极盛时期，而她的房间所属的是房屋的没落时期。

突然她打断了比较，把心像图拿近一点看，好仔仔细细地研究。她发现女性罗德里戈在整个强暴过程中手中所拿的小匙，正是她在特比多看到的那一把汤匙，也是被提欧的朋友买走的那一把。等他们一回到地球，艾苏其娜会去拜访提欧，并要他带她去找他的朋友。她希望那个女人仍然保有那把汤匙。但是目前她必须做完罗德里戈这一次的治疗，并使他恢复到和谐的状态中。她不能让他停留在目前的状况。于是艾苏其娜把一只手按住罗德里戈的额头，命令他醒来，好继续治疗。罗德里戈果真依命令行事。

“我们现在到你死亡的那一刻。我们要去那里，这样你就可以明白你为什么必须经历那些事了。你现在在什么地方？”

“我刚刚死去。”

“问问你的精神向导你需要学习什么。”

“被人强暴是什么感觉……”

“什么？你在另一世强暴了别人吗？”

“是的。”

“而那是什么感觉？被人强暴？”

“无力感……愤怒……”

“叫你小叔子的名字，并且告诉他你被他强暴时有什么感觉。”

“帕布罗……”

“大声一点。”

“帕布罗！”

“他已经在你面前了，告诉他你所有的感觉……”

“帕布罗，你让我感觉很糟糕……你造成我多么大的痛苦……”

“告诉他你对他的感觉。”

“我恨你……”

“大声说。对着他说。”

“我恨你！我恨你！”

“你有什么感觉？”

“愤怒，彻彻底底的愤怒……我的手臂气得要爆开了！”

罗德里戈的脸孔完全扭曲变形。他青筋暴露、双臂绷紧，双拳紧握。他的声音也变得粗哑，让人辨别不出，此外他更无法自已地哭着。艾苏其娜要他放声大喊，直到将他所有埋藏的怒气发泄出来为止。为了帮助他发泄，她拿了个靠垫给他，要他用尽全力朝它挥拳。不过,这个靠垫也承受不住一次强暴回忆中所包含的愤怒。才几分钟,罗德里戈就把它打得粉碎。好的影响是他紧绷的面容开始舒缓。坏的影响是太空船上每个人都躲到一边,免得意外成为他拳头的目标,而这艘我们可以说状况并不算太好的太空船,经此折腾后便无法平稳运行,开始上下颠簸、左右晃动。原本熟睡的苏吉妲的祖母也被这一阵混乱震醒。罗德里戈的叫喊穿透她的灵魂,而仍然沉睡的她也吐出几个字:“我就告诉你说他还是那个死酒鬼吧!”

艾苏其娜要每个人都安静下来,并向大家解释说罗德里戈已释放出所有负面能量,以后再也不会引起问题了。于是所有乘客回各自座位,艾苏其娜也得以继续下去。

“好,罗德里戈。非常好。现在我们必须回到你和你小叔子之间问题开始的时刻。因为我相信这个原因要在另一世才能找到。告诉我你从前认不认识他?”

“认识……在很久以前……”

“那时你住在哪里?和他是什么关系?”

“他是个女人……我是个男人……我们住在墨西哥市……”

“那是哪一年?”

“一五二一年。她是替我做事的印地安人……”

“现在我们回到问题出现的时刻。发生了什么事?”

“我正站在一座金字塔的顶端——他们叫它‘爱的神

殿'——她去到那里，我……我强暴了她，就在那里。"

"嗯……这很有趣。既然你已经知道被强暴是什么感觉，你现在对她又有什么感觉？"

"我对造成她那么痛苦感到很愧疚。"

"那就告诉她。召唤她出来。你在现在这一世认识她吗？"

"不认识，这一世不认识。但是在另一世里我认识，她就是强暴我的小叔子。"

"噢……那既然你已经知道了，你还恨他吗？"

"不恨。"

"那么，召唤你的小叔子，并且告诉他。你知道他在更早那一世的名字吗？"

"知道。齐莱丽……齐莱丽，请你原谅我强暴了你……我当时不知道伤害你那么深……请原谅我……很抱歉我曾对你做过的事……我不想伤害你……我只想爱你，只是我不知道要怎样爱你……"

"告诉她你如何偿付了强暴她的恶行……好，我们把时间再提前一些……我们回到那一世后面的一世……你在哪里？"

"在西班牙……"

"哪一年？"

"大概在一六〇〇年左右……我是个僧侣……我留着胡子，剃了头发……我想要压抑身体的欲望……我半光着身子，身在及腰的白雪中……那时有一阵大风雪……我快被冻死了……但是我必须主宰我的身体……”

罗德里戈浑身颤抖，看起来气力用尽、疲惫至极、痛苦万状，但是艾苏其娜必须继续问完她的问题。

“那么你学会主宰身体了吗？”

“是的……一个修女走向我……她把衣服脱了，但是我克制住了……”

“她长得怎么样？”

“很美……她的身体好美……但是……她是个幻觉……她根本不存在……她是我心里想出来的，因为我已经好几天没吃东西了，想到她就可以克制我的食欲……我很虚弱……我要死了……我很后悔禁欲苦修……浪费我的一生……”

“为什么？你在那一世主要做了些什么？”

“什么也没有……只是克制我的身体和欲望……但是那太难了，太难了……”

“但是你一定做了些好事……找找看，有没有一个时刻带给你些许满足？”

“我找不出……什么也没……呃，我做了一件有用的事，就是发明了渎神的言语……”

“说说看吧。”

“‘新西班牙’的僧侣不希望印地安人学会西班牙人说‘我往上帝身上拉屎’这种诅咒，就要我们发明一些新的诅咒。”

“嗯……有趣。那么你的生命也就不是完全地浪费了，对吧？”

“也许不是，但是我受了很多苦。”

“那就告诉齐莱丽，回到你强暴她的那世告诉她。告诉她你为了赎你的罪而忍受了极大的痛苦。告诉她要学会控制你的欲望是件多么困难的事。告诉她你受了何等的苦。”

艾苏其娜给罗德里戈一段时间，让他在心里同帕布罗、齐莱丽说话，然后她决定该是结束的时候了。

“好，现在你跟着我说：我将你从我的热情、我的欲望中释出……我将自己从你的复仇念头中释出，因为我对你做过的事，我已付出代价……我释放你也释放我自己……我原谅你也原谅我自己……我要让使我与你纠缠在一起的所有离去……我要让它能再次自由流动……我释放它，并且让自然将它净化、加以利用——使生命重生、使宇宙和谐、使爱能散布……”

罗德里戈跟着艾苏其娜一句句念着，一边念着，他的脸上也表现出逐渐放松的表情。他发现臀部的疼痛消失了，当他睁开哭肿了的双眼时，他看起来像是另一个人。太空船内的气氛立刻不一样了，在以后的旅程中，人人都心情舒畅。

11

钟声与摇响器鸣起
尘土飞扬，恍若烟雾：
“生命给予者”欢欣鼓舞。
盾牌上的花朵绽开花瓣，
荣耀散布远处，
举世尽在其中。
花朵中藏着死亡，
在这平原之中！
沙场上，
战争展开，
在平原之中，
尘土飞扬，恍若烟雾，
翻滚，卷起
在死亡的花圈中。
噢，齐齐梅的王子们！
心哪，不要害怕！
在平原之中
我的心渴望

死在黑曜石刀锋下。

我心只愿如此：

战死在沙场……

"墨西哥谣歌集",9r

《阿兹特克世界的十三位诗人》

米格尔·莱昂—波蒂略

伊莎贝尔的心脏怦怦跳动，输送血液的速度快得如同柯玛星火山喷出的岩浆。这是一种应对紧急情况的模式，因为伊莎贝尔一感觉到岩浆会淹过她，她就像个疯女人一样跑了起来，把她的保镖抛在身后老远。没有人能够追得上她。她拼命跑呀跑，跑到昏过去为止。害怕自己在沸腾的岩浆中被活活烧死的恐惧以飓风的威力横扫她全身，将她的灵魂抛进太空中。她的身体想要重新找回她的灵魂，因此也跟在后面跑，但是却徒劳无益，她一直到再也走不动了，才倒在地上。

这不是伊莎贝尔头一次失去知觉。她在年少时十分善于奔跑，但是当她发现她不再能够控制自己的身体以后，她就不再参加这项运动了。她在训练的时候，身体常会像未被驯服的野马一样脱缰而去，一直到气力用尽才停得下来。这种情况的发生似乎也没有什么特别的理由。当然，逃离炽热的岩浆是很充分的理由，但是通常情况下驱策力并没有这一次这么清晰。她似乎有一种无法解释的逃亡需要，从灵魂深处涌出来。这时她那因突然逃跑而耗尽气力的身体就倒在离“前”罗德里戈不远的地上。“前”罗德里戈是在那名原始女人一拳把他打昏后变得不省人事的。

当伊莎贝尔的保镖阿加波多和“前”艾苏其娜来到她身边时，他们被眼前所见吓了一跳。伊莎贝尔怎么看来都像死了一样。果真如此，他们要怎么对上级交代？

“前”艾苏其娜很快提议说他们可以找个人为伊莎贝尔

这看来像是谋杀的案子顶罪。他们认为从柯玛人当中挑一个挺方便的，因为他们只会说他们的原始语言，面对控告罪名根本无法为自己辩护。

“你觉得这个人怎么样？”阿加皮多问道，一边指着“前”罗德里戈。

“太完美了。”“前”艾苏其娜说，于是立刻展开“修理任务”。

伊莎贝尔醒来以后，他们还在挥拳。一见她的保镖正在殴打她认为是罗德里戈的人，她勃然大怒。

“你们在做什么？”她大吼。

“我们在审问这名嫌犯，老板。”阿加皮多很快地答复道。

“白痴！不准动他！”伊莎贝尔挣扎着站了起来，立即冲到“前”罗德里戈身边，令保镖惊异的是，她竟然伸手拭去他的鼻血。“你伤得很重吗？”她问。

才从酒醉和被打昏的双重迷茫中醒来的“前”罗德里戈立刻认出伊莎贝尔就是行星总统候选人，于是紧紧抓住她。他流着泪恳求她：“伊莎贝尔小姐，看到你在这里我太高兴了！救救我，求求你！我不知道我在这里做什么。我住在地球，名字叫里卡多·罗德里格斯。我老婆带我坐太空船来到这里，而……”

但是她已经不再对“前”罗德里戈的话感兴趣了。伊莎贝尔身体稍稍往后靠，看着他的眼睛，这才发现这个人不是罗德里戈。她把他推到一边，开始嫌恶地将他身上的脏东西从她衣服上掸掉。接着,为了证实她的发现,她手指着“前”艾苏其娜问:“你认识这个女人吗?”

“前”罗德里戈一见到她,立刻变得狂乱起来。“当然认识!那个臭婆娘踢烂了我的屁股。我还以为你死了呢,臭娘们!我可真高兴再见到你——这回你真要有好受的了!”“前”罗德里戈朝“前”艾苏其娜冲过去,但却被阿加皮多制止了。

“冷静点,老兄。你胆敢碰这个女人一下,我就把你剩下的屁股也打烂!”

伊莎贝尔正在深思。她知道纵使她抹去了罗德里戈的记忆,艾苏其娜这个他的绝配灵魂的影像也必定仍然埋在他心中。然而此人的反应是全然的愤怒,和我们对于一个绝配灵魂所期望的恰恰相反。伊莎贝尔只需要这一点,就可以证明这个“罗德里戈”的确换成了别人。但会是谁呢?更重要的是,罗德里戈的灵魂现在在哪里?为了找到答案,她把“前”罗德里戈交回给她的侍卫,说:“继续审问他!”

伊莎贝尔必须知道让她置身如此危险中的邪恶行动的幕后主使者是谁。她开始颤抖。冷汗流下她的颈项。她不能容许任何人妨碍到她。她必须站上总统这个职位,不论代价是什么。否则人人引颈企盼的和平年代永远也无法来到。这项证明她有看不见的敌人的证据迫使她意识到:这就是战争。如果她要赢得和平,除了战斗外她别无选择。

不幸的是,她的保镖没能从“前”罗德里戈那里榨出很多消息，因为伊莎贝尔其余的随从人员此时正在走近。若让他们看到她保镖的审问方法，恐怕不太妙。他们只能问出他妻子、妻子祖母的名字，和胡利多，以及琼妮塔——他们家的新邻居，也就是艾苏其娜。当他们提到新邻居时，伊莎贝尔一跃而起。

“这个琼妮塔，她是不是在艾苏其娜死的那天来的？”

“前”罗德里戈的回答是大声的肯定。新房客在他们抬走艾苏其娜尸体的同一天来到，这绝对不是个巧合，有人弄走罗德里戈的灵魂这件事也一样。伊莎贝尔很快推测：艾苏其娜在死前一定换过身体了。那么她就还活着了！而且她不知道用什么方法拥有了罗德里戈的灵魂。伊莎贝尔必须一逮到机会就除掉艾苏其娜。这是到目前为止她对未来的计划。她现在还不能决定该怎么去做，因为此刻她必须回到随从人员面前扮演圣人的角色。

每个人都非常关心她。他们看着她以最快的速度消失不见，像个受折磨的人一样拼命跑着，却没有一个人能够追得上她。这群人当中一名女记者的注意力此刻集中在“前”罗德里戈身上。不到几秒钟她就认出他是布什先生被刺案的嫌疑共犯。伊莎贝尔立刻介入，以免有任何不利的臆测。她告诉在场的每个人说，她正是因为这个原因，才会突然离开他们。她和那位记者一样，善于记脸孔，所以她一看到这个人就认出他来，才去追赶他。他已经向她承认说他本想躲在柯玛星上，但是幸好被她发现了，他很快就会被交到有关当局那里。末了她解释说他身上可见的瘀青就是部落人打他的结果，因为他们认为他是个闯入者。

每个人都为伊莎贝尔的勇敢向她道贺，接着又为她站在“罪犯”旁边照了一系列的相片。当“前”罗德里戈明白他们一直提到的“危险的嫌犯”竟然是他时，他很想抗议，宣称自己的无辜，但是伊莎贝尔飞快举膝盖撞他那受伤的睾丸——动作几乎难以看见——制止了他。接着她下令要她的保镖送这名布什先生被刺案的嫌疑共犯进到他们的太空船中，在那里接受医疗护理。

女记者本想将所发生的每件事都写在一篇报道内，送回地球，但伊莎贝尔阻止了她，说那样会妨碍调查工作。任何关于这件案子的新闻都有可能惊动这个家伙的城市游击队里其他成员。目前最好是保持安静，并且将嫌犯送到星际总检察长手中。他的办公室会展开适当的调查，将此人的共犯捉拿到案，已知的共犯有苏吉妲、苏吉妲的祖母、胡利多，以及艾苏其娜。女记者欣然接受了伊莎贝尔的建议，同意暂缓她的报道，殊不知她正称了伊莎贝尔的心，让后者依照自己利益去做，在所谓“共犯”被逮捕之前就先将他们灭口。

谁知道是因为温度太高的缘故呢，还是因为在他们回到太空船的路上遇到太多险阻的关系，总之“前”艾苏其娜一上了星际太空船就昏了过去。“前”罗德里戈想趁此空档逃跑，却只落得又挨了阿加皮多一顿揍。

伊莎贝尔说服每个人,“前”罗德里戈是个极端危险的人物,所以最聪明的办法就是给他注射镇静剂,直到他们回到地球。为了逢迎她,每个人都表示赞同。看到这人无法和任何人沟通了,她才有了喘息的空间。于是她带着保镖退到太空船上的会议室,表面看来是要做事。然而事实上,伊莎贝尔玩起“接龙”的单人游戏,而她那些受尽压迫的保镖被迫什么事也不能做,只能看她玩牌。

单人接龙是伊莎贝尔最喜欢的游戏。她常会一连好几个小时坐在电脑前挪动荧幕上的纸牌,尤其是当她心里有事的时候。她在排牌的时候好像也正在海水和沙滩之间建筑堤防一样,她在掌控那些牌的时候也好像正在整理自己的思绪。经由接龙游戏,伊莎贝尔自觉她正将混乱变为有序、骚动化为和谐及正常。要是找嫌犯像翻一张牌那么容易就好了。她相信有人计划要毁掉她。她必须在敌人摧毁她辛苦建立的形象之前找出幕后主使者。

可惜他们不是直接飞回地球,不过她已经承诺要中途在木星停一下。由于木星总统极有权力,所以如果他们能够拟出一份星际自由贸易协定,将会对她十分有利。她会更具可信度,使她在即将到来的选举中将所有对手远远甩在身后。她无法想象协商会超过一天的时间,而且只要“前”罗德里戈一直保持睡眠状态,她就没有什么可怕的。伊莎贝尔确信在真正的罗德里戈那里不会泄露任何消息,无论他在什么地方。他不可能恢复他的记忆,至少她希望如此。

她爱上他的那天是多么的悲惨呀!罗德里戈是她无法去消灭的人。而现在她就在付出代价了。她要蹚这淌浑水,只能怪自己,而要能够干净脱身可不是件容易的事。她想使自己平静下来,就算晚一天回去也不会有多大差别。不过她心里很确定的是,她一回到地球,就要跟每个密谋打击她的人算总账。她已经从太空船上打了无数通电话,想找出还有谁也在这项密谋中,但却什么也没发现。显然艾苏其娜和她的同谋是自己几个人独自作的案。即使如此,伊莎贝尔也不排除还有更大的政治阴谋存在。

伊莎贝尔感觉到恐惧正绞扭她的胃,翻搅她的胃液,穿进她的肠子。她明知最好能克制住自己,但却做不到。她的思绪有自己的意志在奔驰。由于无法抑制住这些思绪,她便继续玩单人接龙,好停止思想、好为某件事建立起秩序,即使它不过是一堆烂牌。但是它们是她唯一尚能掌握的东西。只不过既然提到这一点,她倒想到她是有保镖的。她禁止那两个可怜虫移动或是出声,怕打断她的注意力,他们也确实遵守了。

但是伊莎贝尔的电脑可就不同了。她为了打破自己的速度纪录以登入“吉尼斯世界纪录”中,手指都长茧了,但这该死的东西偏不听使唤,慢吞吞地进展,无法——或者是不愿——跟上她的节奏。伊莎贝尔快要疯了。她已经玩了好几局，却没有赢过一次。她的心扑通扑通跳着，偶尔还会少了一拍。如果她没有赢，她的心脏病就要发作了。要是她有红桃三就好了！那样就可以弄走四，去对付下一列。

就在这个时候，“前”艾苏其娜突然“砰”的一声倒了下来。伊莎贝尔从椅子上一跃而起，立刻趴在地上。她吓得直发抖，心想定是有人把门踢开进来，准备要杀她。没有听见枪声，她抬起头来看，才明白出了什么事。阿加皮多正站在“前”艾苏其娜旁边，想要把他弄醒。伊莎贝尔大为震怒，站起来拍掉衣服上的脏东西。

“那个智障是怎么啦？从他用了那个女人的身体以后，老是在我面前昏倒！”

“我不知道，老板。”

“哎呀，把他弄走。要医生给他检查一下，然后立刻回来。喔，你们在做这些事的时候也注意不要让那个骗子醒过来。”

阿加皮多把“前”艾苏其娜抱了起来，离开了会议室。

伊莎贝尔暗骂了一句。她都快要破纪录了，那个笨保镖却偏要昏倒，弄砸一切。现在就算她完成了，这局比赛也不符合参评“吉尼斯世界纪录”的资格了，因为它被打断过。最近似乎每件事都不对劲，没有一件事办得成，每件事都糟糕透顶。每一件事！甚至她自己。她自己？是的！就在这时候，她才发现因为她太害怕，竟然放起屁来了。这是她放过最臭的屁。都该怪她的大肠炎；而得大肠炎都是艾苏其娜的错；艾苏其娜又是……谁的错？管他呢。最重要的是要除掉这阵盖过一切的恶臭，不然阿加皮多回来就会发现又有个人昏过去了。她打开手包，拿出专为这种紧急情况准备的空气芳香剂，开始在房里到处喷。阿加皮多神情困扰地回来后，她还在喷。他走进房里，眉头皱得更厉害了，加了香水味的屁味简直令人作呕。但是身为一个本分的保镖，他仍然以超人的努力挂上一副“我？我什么也没闻到”的表情。伊莎贝尔放了心，于是开始问他。

“怎么回事？他有什么毛病？”

“呃，他……他的脑袋里被人植入了一个微电脑。”

“我猜也是！那个艾苏其娜是个教人害怕的人物。不晓得她弄那个微电脑要干什么？反正绝不是好事，我敢说。好，那现在医生打算怎么做，把它拿出来？”

“不行，他不能拿出来。”

“为什么？”

“呃……因为，那可能会影响……呃……因为……他怀孕了。”

“他什么？那个差劲的讨厌鬼？现在他又变成一个妓女了？叫他过来！我有话要跟他说。”

“他已经在外面了，老板。”

“那你还在等什么？带他进来。”

阿加皮多打开门，“前”艾苏其娜怯怯地走进房里。他已经清清楚楚听到伊莎贝尔的吼叫，所以知道前面等着他的会是什么。当伊莎贝尔发起脾气来的时候，没有一个房间可以包得住那放大了的猫头鹰般的尖叫。

“怎么回事,罗沙里欧?说你怀孕了,究竟是怎么回事?”

“我不清楚,长官。”

“你不清楚,这是怎么回事?我不敢相信你会有这么笨!你难道不知道如果你像个娼妓一样到处跟人睡觉,到头来总会怀孕的吗?你就不能再等几个月,等我选举活动结束吗?”

“我发誓,长官,我没有时间去做那些事,我只跟……”

“前”艾苏其娜停顿了一下,朝阿加皮多投去一个害怕的目光。他可不急着承认说唯一跟他有染的就是他的同事。阿加皮多趁“前”艾苏其娜把话说出来之前,老练地插了嘴。

“呃,伊莎贝尔女士。恕我冒昧打个岔,但是我必须说,我看不出怀孕这档事会妨碍到任何事,因为小孩子要九个月以后才会生下来。”

“是呀,没错。但是现在竞选活动还剩下多久?”

“只有六个月。”

“这个差劲的娼妇在这后半年里对我有什么用?谁会去尊敬或害怕一个又会昏倒又会呕吐的保镖?更不用说他的肚子还会大起来?”

“前”艾苏其娜被伊莎贝尔的话和语气刺伤了。毕竟这不是对待一个准妈妈应有的态度。他再也忍不住,流下泪来。

“我可真需要你这样子又哭又闹呀!滚出去!你被开除了,从现在开始,我再也不要看见你在我身边。懂吗?”

“前”艾苏其娜点点头,跑出了会议室。

他在门口撞上伊莎贝尔随员当中一名思想分析师。分析师以怜悯的眼光看着这个退下的人。他简直不愿去想象伊莎贝尔看了他刚给这名保镖拍的心像图之后的命运。伊莎贝尔对着“前”艾苏其娜吼叫之时,保镖心里希望能把她变成一只生病的老鼠。心像图以令人难以忍受的详尽显示出一只有伊莎贝尔的脸孔的老鼠,它的身体里因为长满的蛆而肿胀,它正在喝抽水马桶里的水。另一张图则显示这只老鼠正在垃圾堆里乱窜,突然一颗人造卫星坠落在她身上,她被砸成千万块碎片,发出一股腐臭。此刻分析师才走进房里,就吓了一大跳,因为他相信那个保镖具有神力:跑走的保镖确实能够造成和他心里清楚投射在影片上的相同的现象,这房里果真有股死老鼠味。

CD 第六首

爱情是个什么东西，似乎与痛苦无异，
不曾碰过我，未曾碰过你，
从不知如何去碰触、或希望碰触、或尝试碰触，所以你我不在一起……

因为我们从未见面
我们失去的时间中
我俩各过各的生活
但彼此总相互分隔。
因为你灭不了
那从未点燃之火，
因为你恢复不了
那从未消失的健康。
因为你从不了解
我的愁苦，我的狂热，
因为即使我坠入深渊

在你亦无不同。
这份情爱你嘲讽已久
因为你未曾去到
我不曾在的地方找我，
也未曾爱过我。

所以你不和我在一起。
所以我不和你在一起。

莉莉安娜·菲利帕

12

不能让伊莎贝尔激动的心情平复下来，让我多么痛苦啊！她迫切需要休息。这几个小时以来，她疯狂地工作，朝各个方向发射出负面的念头，忙着猜疑、密谋、计划报复，使得她生平第一次无法遵从我的劝告。这些思虑将她的心蒙蔽了。地狱的秘密警察纳盖尔才刚刚到我这里对我大吼大叫了一番。他说我必须想法子尽快使她安静下来。她轻率的行为很可能会毁了一切。

我建议她泡个舒服的热水澡，放松自己，但是她不能。她已经光着身子坐在浴缸边有好一段时间了，因为她太害怕，不敢进到浴缸里。她一向是不穿衣服就没有安全感的人。她对电影的爱好更加重了这种恐惧。因为她看过电影中的女主角都是进到淋浴间后发生了灾难。因此，当现在她有理由害怕受到攻击时，进浴缸里就是她最不愿意去做的事了。而那对她有多好啊！我是说，如果能轻松一点的话。我就是要她那样，心平气和而且放轻松。

在进行任何毁灭行动之前，都有一段平静的时间，这时候你的神智会变得清醒，可以做出决定。如果伊莎贝尔不停止这一切活动，那份平静不会到达她心中，我们就永远也无法行动。这简直教人无法想象，假设你想到我们必须去破坏、去摧毁的那些事情的话！伊莎贝尔不太可能忘记她在地球上的任务是助长混乱，以作为“宇宙秩序”的一部分。宇宙不能容许秩序成为一个永久的状态，这么做即意味它的死亡。生命之所以出现，是为了平衡混乱，因此如果混乱终止了，生命也就告终。

如果人类全都拥有充满爱的灵魂，全都在应当在的位置上，那就是宇宙的末日。

这也是为什么必须制造各种战争和社会冲突的原因：为的是让人类在追寻秩序、和平、和谐之路上分心。所以我们必须让他们心中充满仇恨；迷惑他们、折磨他们、利用他们、让他们一刻也不得停歇。所以我们要安放他们在一个金字塔形的结构当中，如此一来他们无暇为自己思索，他们永远有命令要去执行，永远有上司要他们去做事。

当伊莎贝尔身体细胞全从负面能量中解脱的那一天，她就会与正面能量合而为一，也因此可以接受“神性之光”——那可要酿成巨灾了。我绝不会容许这样的事发生。我这么说，纯粹是为了伊莎贝尔好。人类的灵魂并不纯净，不适宜接受神祇发亮的反射形象。如果以她现在的状态发生这种事，她就会失明。没有人希望这样，对吧？那么你们所有人都会赞同我的话，认为这是一件应该要避免的事。一般而言，要达到这个目的，最好的方法就是用“自我”这层烟幕去蒙蔽他的眼睛，让此人无法看到自己以外的地方，也看不到任何反射形象，除了投射在他眼睛瞳孔中的自我倒映之像。就算他能察觉有外界光线的闪光，他也会当它是个反射镜，放在那里是为了要为他本人增添光彩——他绝不会认出那就是“真实之光”。这也是为什么要人记得自己从哪来、来到地球上所为何事是件几乎不可能做到的事。在那种黑暗状态中，要将他放进一个尘世的权力结构中是件很简单的事。他会要他的意志听命于他的上司，对于执行上司命令不会有丝毫抵抗。

命令是由上传到下的。谁是在金字塔顶端的人？当然是统治者喽。那是谁告诉他们该做什么呢？当然是我们这些魔鬼喽。那又是谁下命令给我们呢？“黑暗王子”——魔王——他的责任就是确保仇恨存在于宇宙之中。若没有仇恨，就没有毁灭的希望了。而若没有毁灭——我再说第一千零一遍，一直到你们能明白——就……没……有……生……命！在真正完美的宇宙运作计划中，毁灭是一项基本的元素——而伊莎贝尔要毁掉了的，正是这宇宙运作计划！

我从来也没有想到。她在无数世的生命中都获选去占有权力金字塔最高的位置，而她没有一次让我们失望。她知道怎么让人尊敬她，遵从权力的统治。她以自己的凶残推动她的法律。她懂得如何阴险狡诈，以保持王位。她知道怎么去撒谎、欺骗、折磨、妥协、打交道，以及歪曲法律。她的美德数也数不清，但是最重要的一项可能要算是她知道怎样让人身体和精神上都不得空闲，没有时间和他们的上级融洽地合而为一，或是记起他们到地球上的真正使命。而现在她却恋爱了！还选在最不合适的时间，正当我们必须进行决战的时刻！天知道艾苏其娜还有些什么招式在等着我们。我是真的很担心。

人类在恋爱的时候，他们的心灵和思想会和他们所爱的人产生共鸣。而当他们安定地处在爱情的和谐关系中时，通往“神性之爱”的门便打开了，如果这份爱渗进他们的灵魂，我们就会迷失，因为那被爱的人也会发生同样的情况：一旦人认识到“神性之爱”，他们会什么都不要，只想体验它在他们内心中的感觉。

若这种情形发生在伊莎贝尔身上，她就会忘记自己生来是要做个毁灭者的使命。她就不会再为我们工作，而会加入敌方阵营，也就是加入创造、和谐、秩序的那一边。我们唯一容许伊莎贝尔建立起秩序的时候，就是当她玩单人接龙的时候，因为当她满脑子都是她的牌的时候，她就会到达一种心灵上的安宁状态，是我们下达指示的绝佳时机。但是现在，似乎连单人接龙也无法让她平静下来了。

几个小时接着几个小时玩下来，她唯一表现出来的，就是眼睛昏花的头疼。一想到她的队伍里竟然有人背叛她，她就要发疯了。她知道她身边什么地方一定有个叛徒，因为她无法解释艾苏其娜为什么仍然活着。一定是有人警告艾苏其娜这项要杀她的计划，并且提议用身体互换作为解决之道。

因此现在伊莎贝尔开始使自己和所有她的合作者都保持距离，因为她看他们每个人都像叛徒。她着魔似的研究他们，希望他们会大意出错，暴露真实身份。这一切专注在他人身上的念头使她无法专注于自己内心。她从没喜欢过自省。从来也没有。甚至连镜子里的自己都不看。这倒很合理，因为镜子里的影像是她真实的模样。通常当人不喜欢他们的形象，或是根本不肯去看的时候，他们就会创造出一个他们想要成为的人的形象，他们占用了这个虚假的形象后，便再也看不见自己了。

“希望”就像是面镜子。当伊莎贝尔说她一定要毁掉艾苏其娜的时候，她其实真正想要毁掉的是她自己。这件事我觉得倒没什么不好，因为我绝对不会反对毁灭的，但是我必须自问伊莎贝尔会不会同意。近来她似乎把我的教导全都忘记了，整个人充满了悔恨交加的情绪，害怕去毁灭任何事物。她不肯接受让罗德里戈活下去是个错误的看法——让他活下去，是她一生中唯一表现出的弱点。而现在她除了灭掉他以外别无其他选择，但是她却不愿意。

她对这件事和其他事的判断，使她和我孤立开来。“决定”总是一成不变地将人与生命孤立。思忖着我该做这件事或那件事，或是该不该从这里到那里，这些都会引起极大的焦虑。正确的答案永远存在我们心中，但是要听到它，就必须保持平静、停滞的状态。我向天祈愿，愿伊莎贝尔能早日平静下来，并且克服她的恐惧。应该没有人会对她所做过的事有任何忧虑，因为宇宙能量总是双重的：男性及女性、负面与正面。在这种能量中，善与恶永远是连在一起的，恐惧和进犯、成功和嫉妒、信念和疑虑也都是相连的。这也是不会有人做出错误决定的原因。如果我们跟着自己的情绪去做，我们做的任何事都不可以说是坏事。只有在我们让判断介入、我们的心使得罪疚感任意停驻时，事情才会在我们眼里变成坏事。因为如果一个人把理性抛开，直视生命，他就会发现宇宙中没有什么是坏事，每颗粒子都带有等量的创造及破坏力量。更直接的说，我——玛蒙——只是因为伊莎贝尔的自我毁灭而存在。这一点使我受到相当大的限制，因为这就表示说，万一伊莎贝尔失去了这种能力，我就会自动从她的生活中消失。那可就真是糟糕啦！

13

艾苏其娜的公寓里恢复了秩序。苏吉妲正在收拾搬往自己公寓,如今她可以平静地和她祖母住在那里,没有任何人打扰。艾苏其娜提议她们再多住几天,但苏吉妲拒绝了。艾苏其娜一直坚持,但她不为所动。艾苏其娜的坚持与其说是舍不得邻居,倒不如说是因为苏吉妲想把罗德里戈带在身边这个事实。

至于苏吉妲,她可是好生发挥了她顽固的强项,给了艾苏其娜千百个她必须搬回去的理由,并且要带着罗德里戈一起。其中最有力的理由是,就附近邻居而言,罗德里戈——或者该说是罗德里戈所占有的身体——是苏吉妲的丈夫。没有人知道这个大块头邋遢鬼的身体里藏着一个善良且已经演进了的灵魂。如果有人听闻这件事,恐怕就不妙了,所以为免引起猜疑,他们最好还是要罗德里戈和她一起住在监管员的公寓。

“真的,你什么事都不用担心,他只是个橱窗摆饰。”苏吉妲告诉艾苏其娜。当然啦,她说这话时,在背后将手指交缠,代表言不由衷，因为私底下苏吉妲可不笨，她要把罗德里戈据为己有。最重要的是，她要让邻居们为她丈夫终于像变了一个人似的叹服。

可怜的罗德里戈，除了生活在全然的迷惑中之外，他还是她们决定的遵守者。这些女人告诉他，说他必须扮作苏吉妲的丈夫，而虽然她不是他真正的妻子，她却是他所占据身体的那个人的妻子，所以为了他自己着想，他最好是演得逼真些，因为如果别人知道了他的真实身份，他的生命就会有危险。她们不容他发问，而他的失忆症也使他全然使不上力。他唯一求她们的事就是要她们将一切向苏吉妲的祖母详详细细说明清楚，因为她仍然把他和里卡多·罗德里格斯混在一起，只要一有机会，就会偷偷过来踢他一脚。

罗德里戈感到极度别扭。要跟这些既不是他家人、对他也没有什么意义的女人生活，他可是一点也不高兴；更重要的是，这些女人还要他为她们把他藏在家中的这个恩惠付出高昂的代价。她们要他收拾她们所有的东西，她们却坐在那里轻松自在。他多么希望能恢复记忆，回到他真正的家人身边！但是在这件事成真之前，他需要在他的潜意识上下功夫。他迫切需要和艾苏其娜做一次星理分析！但是艾苏其娜一直在拖延，借口说她首先必须把苏吉妲所有东西都搬出去，这样她才能够专心于星理分析，而不会有压力。唉，这只是借口，真正的原因是艾苏其娜在等苏吉妲和她祖母离开她的公寓，她好单独跟罗德里戈做星理分析，没有爱管闲事的人待在旁边。

而这时候每个人都好生利用他们共处的最后一刻。苏吉妲趴在床上欣赏虚拟实境节目;她祖母趁回到她们那又湿又冷的公寓以前,把握机会在阳台上晒太阳打盹;艾苏其娜则趁自动“通灵板”被主人带回去以前再使用最后一次。她把一朵非洲堇的叶子放进烧杯,加上一些苏吉妲的特别液体配方,立刻就从传真机上接收到这植物在生前所亲眼看见的每样事物的形象。大多数的影像完全没有意义,看得艾苏其娜眼神迟滞,直到一张相片出来,吓得她从椅子上跳起来。相片中是狄耶斯博士灵巧的手指正把一枚微电脑装进某人的耳朵内……那人正是伊莎贝尔·冈萨雷斯!

这张照片证实了几个从前的疑点:第一,那臭女人伊莎贝尔可不是什么圣人!第二,狄耶斯博士即使没有将许多世的虚构生命设计程式放入微电脑里,也至少设计了一世的虚构生命。第三,如果伊莎贝尔需要有个虚构的生命,那一定是因为她曾有过不光彩的过去,这过去若是被人知道了,她就没法当总统了。第四,非洲堇就在那植入的现场。而且还不只这些!看来它也在博士被杀害的现场!

传真机这时候正传出非常详尽的照片,照片里可以看到伊莎贝尔的保镖正在对接到狄耶斯博士办公室内气息话亭的警铃电线动手脚,目的是要杀掉他。上天保佑苏吉妲和她的自动“通灵板”!多亏了她,艾苏其娜终于发现了冰山的一角。现在她有足够的证据在手边,可以控告伊莎贝尔了。她必须把这些相片放在安全的地方。

但是首先她要给非洲堇一些水喝。因为她去柯玛星的这段旅行期间，没有人为它浇水，这可怜的小东西垂头丧气的。她不能让它死，它是她主要的证人。它到哪去了？她上次看到它时，它是在桌上，但是它却神秘失踪了。艾苏其娜开始狂乱地在苏吉妲的行李箱中搜寻。罗德里戈眼见艾苏其娜毁了他一早上的心血，开始大发脾气，于是他们展开了一顿大吵，而在罗德里戈最后承认他把那盆植物放到了浴缸里之后，这场架才算吵完。艾苏其娜忙跑去救植物，留下罗德里戈喃喃自语。

就在这时候，气息话亭的门开了，提欧和齐莱丽走进房里。罗德里戈见到齐莱丽，整个人呆住了，他的脸上出现了他初次见到她时同样的表情。

有时候，人失去记忆力还真是好，因为如果我们不记得别人对我们做过的坏事，我们看到他们的时候就不会心存偏见。如果不是这样，记忆就会成为沟通的强大阻碍。当我们看到一个曾经伤害过我们的人，我们会说：这个人很坏，因为他如此这般对待过我。其实我们应该忽略过去，建立起健康的关系，并制造一个机会，让彼此的关系发展到本应发展的程度。没有记忆就没有偏见。由于意见不是会让我们亲近某人，就是远离某人，因此我们如果要把握一个人的本质，就必须知道如何将意见搁置一旁。

这道理听起来好像很简单，实则不然。大多数人常常用“成见”掩饰他们没有能力捕捉细微能量的事实。“她可是高高在上呢，你知道。”“他是反对党的。”“他们不是这里的人。”如此便造成一道无法跨越的障碍，而我们也会发现自己变得毫不宽容。我们一遇见一个人，立刻就会在他面前发表我们的意见，看他如何反应。如果他也有同感，我们就接纳他；否则，我们就会想要推翻他的意见，把我们的意见加诸他身上，而深信他是坏人，因为他的想法和我们不同。我们成为心胸狭隘的宗教裁判官，借着真理之名将任何与我们想法不同的人处死。

我们应该尊重别人的意见，也欢迎别人提出意见，即使是和我们不一致的意见，因为理念是随时变幻的。从第一天到第二天，我们的信念世界是会改变的，而使我们意识到自己和相信我们现在相信的事情的人争辩、混战，竟然浪费了我们那么多的时间。恒常不变的是“爱”，它是独特且永恒的。如果我们望着别人的眼神中带有此刻齐莱丽和罗德里戈对望时所体会到的纯真和敏感，生活会简单得多。

当艾苏其娜手捧非洲堇走回来时，满腔妒意使她浑身瘫软。她发觉身为罗德里戈绝配灵魂的她都从没有激起过这样深情的凝视，泪水涌入她的眼中。天生极度敏感的提欧看了一眼就明白了情况，为了缓解紧张气氛，便急忙为罗德里戈、齐莱丽和艾苏其娜三人介绍。接着他很快向艾苏其娜解释说，他如约去跟齐莱丽说了，她同意把她的汤匙拿来作分析。

齐莱丽把汤匙交给艾苏其娜时，苏吉妲大声叫着冲进房里。她祖母被惊醒了，咕噜咕噜的鼾声中断了；罗德里戈和齐莱丽被吓得回到了现实;提欧和艾苏其娜则转向苏吉妲,脸上挂着“怎么回事”的表情。

苏吉妲提议众人跟她到卧室,众人在那里得知了生命中最骇人的消息。房里是他们的虚拟实境机中的身影。他们已经被指认是一个城市游击组织中的嫌犯,这个团体的目的是要破坏宇宙和平。说也奇怪,这当中唯一没有被列入的人,也就是他们悲惨境遇的“始作俑者”,也就是艾苏其娜,由于她占用了一个未登记的身体,所以追查不到。

亚伯·查布洛道斯基正在念一份新闻稿:

“星际总检察长今天公布了以恐怖攻击行动引起大众恐慌的一个城市游击队部分成员的姓名。”摄影机镜头对准苏吉妲的丈夫:“已发布命令,立即逮捕里卡多·罗德里格斯,化名‘鬣蜥’。”接着摄影机照向苏吉妲:“苏吉妲·佩雷斯·德·罗德里格斯,化名‘哈拉帕人’。”之后是她祖母的特写:“亚松森·佩雷斯,别名‘疯女士’。”最后镜头是他们老朋友胡利多的一张照片:“以及胡利多·查维斯,别名‘流鼻涕’。”查布洛道斯基继续说:“行星政府无法也不应该坐视此种违宪的行为。为保护民众及避免这威胁公共秩序的游击团体更进一步的暴力行动,政府将要……”

齐莱丽没再听下去。她从艾苏其娜手里一把抓过汤匙,一边道歉说她炉子上还在烧着豆子,一边就往门口走去。提欧为被控的人辩解,于是劝她再待一会。他不相信这些人会犯任何罪行。提欧信任他们的这种表示使艾苏其娜感动。每一天她都有更多的理由感激这个人。但是齐莱丽还是坚持要走，她保证说她不会告诉任何人说遇见过他们。

“他们说的那些恐怖分子是谁呀？”苏吉姐的祖母问了好几遍。

“他们说的是我们啦，奶奶。”苏吉姐回答。

“你们？”

“是呀，还有您呢。”

“我？算了吧，你开玩笑吧？我做了些什么？什么时候的事？”

这问题永远也没有答案，因为就在这一刻，一发火箭筒的炮火炸开了大楼的正门。敌人真的已经到了家门口了。

一群警察由阿加皮多领头冲进大楼。才踢了一下，监管员公寓的门就被踢开来，但阿加皮多很快发现房里空无一人，于是下令要他的手下在大楼里彻底搜查。他们冲上楼梯。任何挡住他们的人都立刻闪到一边，害怕得不得了。阿加皮多和手下对任何挡他们路的人都毫不留情。但是突然间他们挥拳却打不中目标。几秒钟后他们就明白了，原来是地震了。大自然是伟大的平衡者，让所有人类都平等。它自有方法去对付警察和平民百姓。歇斯底里的住户纷乱地冲下楼梯，他们起先是为了躲警察，后来则是逃地震。阿加皮多对空放了一枪。每个人都尖声大叫，趴倒在地上。阿加皮多命令手下，继续往楼上爬。

第一次地震的时候，胡利多就立刻逃出了他的公寓，因为他不想被埋在大楼里。但是他在楼梯上遇到了阿加皮多和他的手下。他第一个念头是……这些人是要找他的。但是为什么呢？理由可能有很多。胡利多在一生中一次又一次地被扯进不光彩的勾当里。他的最初念头是他最好投降。算总账的时刻终于到了。太糟糕了！

他往前迈了一步，但立即改变了心意。转念一想，他的罪也没那么严重。况且那些警察携带的武器足以消灭一支军队，可不是要来对付一个可怜的业务员的。他只是爱猜测，他们也许并不会伤害他。一颗火箭筒里射出的火箭炮从离他脑袋几公分的地方飞过去，很快使他的处境变明朗了。他们不是要来逮捕他的，他们是要来杀他的！

他必须离开这里，而且要快。在慌乱之中，他竟然往楼上跑去。上到三楼时，他追上了艾苏其娜、苏吉妲、苏吉妲的祖母、罗德里戈、齐莱丽和提欧他们，他们也和他一样正在逃命。他最先超过的是苏吉妲的祖母，她因为失明且年岁已大，所以跑在最后。接着他又超过了苏吉妲，苏吉妲因为捧着她那个自动“通灵板”才跑不快。然后是齐莱丽，她是被提欧强拖着跑的，因为她很显然不想被人逮到和一群被指控的罪犯一起逃亡。再后来是艾苏其娜，她不时会停下来，等其他人跟上。最后胡利多跑过了罗德里戈，他是因为除了自己以外不要为任何人负责，所以跑在最前头。

楼梯左右晃动。墙壁似乎在模仿足球赛看台上连番起伏的波浪舞。最初看起来地震似乎对他们的逃亡有利，因为它使警方无法抓到他们，但是突然间情势变得很不利。砖块如雨点般落下，钢条也震落了，挡住了他们的去路。苏吉妲高声求救。她祖母没法再走下去，而她又不能帮她，因为她手拿着“通灵板”，那里面有她可以对付伊莎贝尔的证据。艾苏其娜回头帮她。苏吉妲的祖母一把抓住艾苏其娜的手臂，紧紧不放。她非常非常不稳，记忆中如此熟悉的楼梯，如今已遍布障碍。踩出一个步子却发现楼梯不见了，或是撞到一块断垣残壁的话，可是很吓人的。

艾苏其娜的手臂给了她坚强的支持。她很清楚这条路，可以领着老祖母走过黑暗。而这位老妇人也紧抓着艾苏其娜不放——即使当她的求生意愿已丧失之时。艾苏其娜没有注意到祖母已经死了，因为那只苍老的手仍然紧紧抓着她的手臂，固执坚持得有如一名官员紧抱着预算不放。她也没有注意到三颗子弹已经射穿她自己的身体。她唯一察觉的事是黑暗越来越浓。每个人都从她视线中消失了。唯一的现实是她和苏吉妲的祖母正通过万花筒般的黑暗隧道，在隧道尽头她可以看到一团淡淡的光和几个正在等候的人影。

当艾苏其娜认出这些身影当中有一个是阿纳克雷翁特时，她开始怀疑有什么奇怪的事发生在她身上了。他张开双臂欢迎她。艾苏其娜被他身上的光芒刺得眼花缭乱，竟忘记以往和他的争执，而依偎在他怀抱中。她感觉到被人爱、被人接纳，像空气一样轻飘飘。她所有的问题，所有的孤寂重担，甚至苏吉妲的祖母，全都立刻离开了她。

祖母终于松开手，朝着亮光走去。直到这一刻，艾苏其娜才明白，她已经死了，她很难过地发现自己并没有完成使命。她终于记起她的使命是什么了。当一个人和"神性之爱"契合时，是很容易重获知识的。困难的事情是要在地球、在战场上保持这份清澈。

话说当一个人降生在地球上，他立刻就失去了宇宙记忆，而只能在每天与各种问题、需要、需求的奋斗中逐渐恢复。但是最常发生的情况是，人会迷失方向。就像一个善于纸上谈兵、但身临战场时却完全忘记了战术的将军，因为他在战场中唯一感兴趣的事是毫发无伤地出来。只有受到启迪的人才会确实知道他们在地球上必须做些什么。其他人都只有在束手无策之时才会记起来，这是多么可惜的事！就算艾苏其娜记得自己的使命是什么又有什么用？她已没有身体可以让她去完成使命了。

于是她大感恐慌，转向阿纳克雷翁特求援。她不能死。至少现在不能！她必须继续活下去，无论要付出什么代价。阿纳克雷翁特告诉她说，他帮不上忙。有一颗子弹已经毁了她部分的脑子。艾苏其娜陷入无尽的绝望中。阿纳克雷翁特告诉她说，唯一可能的解决之道是她去寻求援救，让她占用苏吉妲祖母刚刚空出来的身体。当然啦，缺点是这具身体已经颇有年岁，丧失视力、浑身病痛，总体看上去没有多大用处。

艾苏其娜并不在乎。她真的很后悔自己那么愚蠢，竟然中断与阿纳克雷翁特的联系、不让自己接受引导、不肯在她被指派的重要和平使命上合作。她保证说，如果他们让她回到地球上，她一定会有良好的表现，并且弥补过失。诸神被她真诚的悔意感动，于是下令要阿纳克雷翁特为艾苏其娜迅速复习“爱的法则”，然后才准许她转世重生。

阿纳克雷翁特带着艾苏其娜到一间玻璃室里，然后在她额头上贴了一颗亮闪闪的钻石。当光线照到钻石上时，它会发散出虹彩。这是一项预防措施，因为阿纳克雷翁特太清楚人是本性难移的。此时此刻，艾苏其娜痛悔以前的行为，愿意去做任何事，但是等她一回到地球，很可能又忘了她的义务，只要稍一撩拨就会让她那顽固的阴暗罪恶重回灵魂当中，妨碍了正途。为了提防这种情况发生，钻石的责任就是收集“神性之光”，并且传布到艾苏其娜灵魂最深的缝隙中，让她绝无迷失的可能。

一旦钻石摆好位置，阿纳克雷翁特就以最短的时间和最简单的语词将“爱的法则”念了一遍，他的语气方式是温习，而不是责难。

“我亲爱的艾苏其娜，”他说，“我们的每个行动在宇宙中都会产生影响。如果我们相信自己是至高无上的、认为我们可以想要做什么就去做什么，那么我们就太自大了。我们就是那随着太阳、月亮、风、水、火、土震动，随着可见与不可见的万事万物震动的一切。因此，就像在我们之外的每件事决定了我们是什么一样，我们所思所感的每件事也都会对外在世界产生影响。当一个人内心积聚了仇恨、嫉妒和愤怒，她周遭的气团就会变黑、变浓、变重。当她失去收集‘神性之光’的能力以后，她的个人能量就会降低，而——逻辑上来说——围绕在她四周所有事物的能量也会降低。为了增加她能量的水平，以及她生命的水平，负面的能量必须被释放出来。那么，怎么释放呢？

“这部分很简单。全宇宙充满着的能量是一个整体：远是守衡的，但是它却一直在运动、在变化。一种能量的运动会造成另一种能量的变位。比方说，当一个构想在脑中出现时，它的运动就会在太空中穿出一条通路，而根据‘对应律’在其后留下一块空间，这块空间必须被一种和造成此真空的能量完全相同的能量所占据，因为它是在那个阶层被转移的。

“我举个例子吧，如果一个念头在短波阶层离开了我们的脑子，我们将会收到相同的能量以为回报，因为最初的冲动也利用到那个震动阶层。广播电台的情况也是一样：假设电台播出的是一个乡村音乐的节目，那么如果你转到那个频率，你就会听到乡村音乐。如果你想听不同的电台，你就必须改变频率。因此，如果我们发出去的是负面能量，我们收到的就会是负面能量波。”

“到目前为止都明白。”

“好，另一道法则说，静止的能量会减弱，流动的能量会变强。或许最好的例子是河水和池水。池塘里的水是静止的，因此它能扩展的可能性就受到限制了。一条河的河水流动时水量会增加，也就是沿着河流注入这条河中的其他河川的水流。于是它的水越来越多，最后注入海里。池水永远也成不了海水的一部分，但河水却能。死水会变浊，活水却会变得清澈。我们心里发出来的念头也是相同的道理。当它流动时，它会增长，并且以更大的量重回我们心里。这也是为什么我们说当一个人做了好事以后会有七倍的回报的道理。理由是他的善良会由相同的爱的能量所增补。这正是我们必须谨慎处理负面思想的原因，因为就它们来说也是同样的道理。

"要是人类知道这套规则如何运作，他们就不会那么急着要累积各种世间财物了。我举个不太恰当的例子吧！假设说有一个女人，她的衣橱里塞满了衣服，但是她想把衣服换掉。首先她必须把旧衣服扔掉或是送人，然后她才能买新衣服，因为她的衣橱里就只有那么些空间。这正是宇宙中的情况。其中移动的能量永远是守衡的，只是它一直在动。我们可以决定哪种能量可以进入我们体内流通。如果我们在心里储存着仇恨，就像放着一堆旧衣服一样，那么就没有地方放爱了。如果我们希望'爱'能进到我们生活中，我们就必须极力除去心中的仇恨。问题是，根据'吸引律'，我们替换掉仇恨，也会收到仇恨以为回报。避开这个问题的唯一方法，是趁仇恨还没有离开我们身体的时候，将它变成爱。

"'爱情金字塔'曾经担负这些功能，所以我们必须将它复原。我们现在所要求你去做的，是一件几乎不可能完成的任务，但是我知道你能做到。为了更有把握，我会随时随地在你身边。你不是孤身一人。要记住这一点。我们全都陪伴着你。我祝你一切顺利。”

说完这些，阿纳克雷翁特终于结束了这一番他起先以为会很短、没想到变成长篇大论的“爱的法则”复习课程。他深情地搂了搂艾苏其娜，然后陪着她一起回到地球。

艾苏其娜始终没能真正弄清楚她是怎么逃过阿加皮多和他那些共犯的魔手的。她在一个失明老妇的身体中重返人世可真是充满了戏剧性——不只是因为事情发生在一个关键时刻，更因为要对付这具陌生的皮囊是件很复杂的事。她第一次换身体的时候，换得的是很不错的新身体，所以没有遇到任何困难。但是现在这具身体却是又老朽又有毛病。她必须学会渐渐控制它，直到她能熟悉它的反应、它的怪癖、它的快乐和它的烦恼为止。

首先她必须学习用一双风湿的老腿走路，还得在失去视觉的情况下。这可是一点也不容易呀。眼睛看不见使她感觉迷失了。她真不知道他们怎么会躲得过伊莎贝尔那些恶棍手下。她唯一能够确定的事是有一双男人的手拉着她，扶她在飞速掠过的子弹中爬着楼梯，跨过无数路上的障碍。她有段时间跌倒了，身体不再听意志的使唤。每个地方都好痛，痛到她灵魂深处。膝盖上那令人难受的刀刺般疼痛使她站不起来。

男人的双手抱起她，把她带到了胡利多的太空船上，太空船停在公寓大楼的屋顶上。她运气好得教人不敢相信，对她发射的子弹没有一颗射中目标。他们才刚刚进了太空船，船舱门刚关上，一阵子弹雨就扫向船身。他们逃得极为幸运。当他们检视受伤情形的时候，只发现几处破皮和少数的瘀青。除了艾苏其娜原来的身体已死之外，每个人都好端端的。当太空船迅速升空之时，船上的乘客全都发出欢呼声。

直到当下的惊恐已在他们身后，艾苏其娜才开始明白发生了什么事。她还活着！虽然是一具失明老妇的身躯，但依然是活着的。每个人都欢迎她，也都很高兴她仍然和他们在一起。艾苏其娜很感动。就连失去祖母的苏吉妲也为艾苏其娜高兴。她很清楚老奶奶在地球上的阳寿已尽，让她的邻居占去她最爱的奶奶遗留下来的身体，看起来倒也很公平。

艾苏其娜很欢喜。如今她只需要学习如何在黑暗中过日子就行了。她只顾感激众神准许她回到地球，以致她看不见置身这具身体的负面效果。更甚的是，她竟然发现失明也有好处。当你想要集中注意力时，形状和色彩是非常分散注意力的。如今她这种新的状况会强迫她专注在自己身上、自省、从过去搜寻影像。况且，眼不见，心不烦，现在她用不着眼睁睁看着罗德里戈和齐莱丽两个人痴情地眉来眼去。不过她忘了一个小小的细节。失明的人失去视觉，就有更敏锐的听觉作为补偿。艾苏其娜惊恐地发现，她不必费吹灰之力就可以听到苍蝇振翅的细微声音，更不用说罗德里戈和齐莱丽的对话了。他俩的打情骂俏她可以听得清清楚楚：笑声、勾引、暗示。

艾苏其娜的乐观心态消褪了。嫉妒像个邪恶的咒语，再次回来紧紧相逼。她的平和心境只持续了几分钟。不安全感与疑虑重返并占据了她的心，将她推入沮丧中。她害怕会永远失去罗德里戈。不过最教人泄气的事，却是发现罗德里戈比她还盲目。听到他说的话，她可以猜得出来他简直为齐莱丽疯狂。这怎么可能？齐莱丽能给他什么？美丽的胴体，没错，但是不论齐莱丽的吸引力有多大，都绝对比不上她——他的绝配灵魂——能够给他的。罗德里戈怎能把时间浪费在微不足道的调情上面？他怎么会不明白她——艾苏其娜——比任何人都要爱他，也可以使他成为全世界最快乐的人？从她遇见他以后，她所做的全是在帮助他、了解他、给予他支持、想让他感觉愉快，然而他不但不感激她，反而却被齐莱丽那扭来摆去的屁股搞昏了头！

艾苏其娜很确定罗德里戈的双眼从没离开过那令人充满肉欲的臀部。她看过他第一次遇到她时双眼像在吞噬那丰臀的模样。要是别的男人这样，艾苏其娜是不会吃惊的。男人都是这样子的，她想。他们永远也认不出真正理想的女人，一个美丽的臭女人就会让他们全都瞎了眼。然而她却没料到她的绝配灵魂也会这样，不管他的记忆有没有被抹去。而让她最气愤的是，这种被低估的感觉，加上她日益增加的不安全感，使她无法处理他们所陷的混乱。

她对其他人感到很过意不去。都是因为她，苏吉妲、胡利多，甚至齐莱丽，全都陷入困境。情况越来越糟，她自问这可有改善的一天。就连波波卡德佩多火山都愤怒地爆发了。她不是很确定，但是她怀疑这场地震是因为这座山顶覆着白雪的火山所引起。波波卡德佩多火山以前爆发过几次。这是他对目前政情表示嫌恶的一种方式，是对情况不对劲的一种警告。

稍能安慰艾苏其娜的是，这座火山的配偶——伊丝塔其华特火山——并没有受到伴侣怒火的影响，因为她才是真正负责全国及国内每一个墨西哥人命运的火山。波波卡德佩多一向是她的王夫。统治者是她。她的重大责任使她非常忙碌，无心于夫妻间通常会共享的乐趣。她无法让自己享有纵情肉体满足的奢侈，因为她必须照顾所有的子女。

昔日印地安人的一则传说中，详述了这两座火山的关系。伊丝塔其华特的丈夫波波卡德佩多认为她是个伟大的女性，非常尊敬她，但是因为他不时要宣泄他的热情，所以他有个情人叫玛琳辛。她十分诱人，又很温柔，两人度过许多快乐的时刻。伊丝塔其华特当然知道两人幽会的事，但是她不太在意。她有更重要的事情要处理。国家民族的命运可是项重责大任。她对处罚玛琳辛也没有兴趣。事实上，她对玛琳辛使她丈夫快乐还相当感激，因为她自己不能做到。啊，不是说她做不到，显然她是做得到的，而且要做还会做得比谁都好！只是她没兴趣。她比较喜欢维持她的伟大、她的力量，以及她的统治，而让玛琳辛去照顾比较不重要的事，那些合乎她地位的事。在伊丝塔其华特的眼里，玛琳辛的本领只限于卧室内。她只要确保玛琳辛待在这个范围里，其他的她完全不管。

艾苏其娜觉得，如果罗德里戈有这种波波卡德佩多症候群，而以他的玛琳辛使自己开心，那么她有伊丝塔其华特症候群也很公平。毕竟此刻她要负责好几个人的命运。她明明有许多重大问题要解决，但是她却只想到失去罗德里戈的爱带来的痛苦。于是她全心全意向伟大的伊丝塔其华特女士求救。她多希望能有一点点这位女士的高洁啊！若是能不再感觉到热情折磨着她，在她体内燃烧，那会是多大的解脱啊！她多愿不再有听见罗德里戈话中的挑逗所带来的痛苦，而能找到她迫切需要的内心平静！她多渴望能感受到一个男人的手臂搂着她！感受到一点点的爱！

提欧走到艾苏其娜面前，十分温柔地搂住她。他似乎看穿她的心事了。不过实情却不是如此。事实上，提欧是在遵照阿纳克雷翁特的命令行事。他是阿纳克雷翁特派到地球上的便衣守护神之一。在必要的情况下，他会通知他们；此刻正是这样的情况！他们不能让艾苏其娜再一次陷入沮丧。

艾苏其娜并没有抗拒提欧的拥抱。起先这个拥抱传达的是保护和屏障之意。她把头靠着提欧的肩膀。他极温柔地抚弄着她的头发，又轻轻在她额上和脸颊上亲吻。艾苏其娜抬起脸好让他亲她，她的灵魂也开始感到平静。

艾苏其娜怯怯地先以拥抱回应提欧的拥抱，以她的吻回报提欧的吻。两人间的爱抚渐渐变得强烈，艾苏其娜也疯狂地吸入提欧给予她的男性力量，这股男性力量是她非常需要的。提欧握住艾苏其娜的手，轻柔地带领她走进太空船上的浴室。他们关上门，任由二人的能量互相融合。

提欧因为是便衣守护神，所以已达到相当高的演进程度。他的双眼看得见像艾苏其娜这种灵魂的纵情，也能从中获得乐趣，即使这灵魂的躯壳是像苏吉妲祖母这么老朽的身体。艾苏其娜缓缓掌控了这具垂老的身体，驱策它去尝试多年都没有过的吃力动作。首先，艾苏其娜的下巴必须比平日张得更开，才能接受提欧伸进她口中的舌头。她干瘪、多皱的嘴唇也必须张大，不过这一点她同伴的唾液倒帮了些忙。她小腿的肌肉既没有气力也缺乏弹性，但是，近乎奇迹般的，在很短的时间里，这两点她却都做到了。起初她的双腿抽筋，但是一旦活络起来，这双腿就运作得十分良好，有如年轻人一般。她的体内因欲念而湿润。她的身体再度记起被一遍又一遍爱抚的快乐感觉。

艾苏其娜体验到的快活开启了她的知觉意识，使她能够见到“神性之光”。阿纳克雷翁特贴在艾苏其娜额上的钻石正如预期般发挥了作用，将此高潮时刻所发散的光扩大。艾苏其娜贫瘠的灵魂变得闪亮丰盈、面目一新，洋溢着爱意。它那沙漠般的渴念终于止住了。直到她被爱过，她才了解平静……而直到她听到急促的敲门声——苏吉妲要上厕所——她才重返现实。

门开后提欧和艾苏其娜一起走出来,所有人的眼光都盯着他们。艾苏其娜掩饰不住她的幸福。即使远在一里外都看得出来。她双颊粉红,神情充满了满足。想想看,她还是真的看起来很可爱呢！但是,当然啦,不论在热情最高点时她的身体表现得有多好,第二天也仍然没有东西能帮助她。她浑身每一寸都在疼,连睫毛都是。这不要紧,性已完成它的目的了。艾苏其娜曾有一段时间是达到了“神性之爱”的。这已经足够使她有力量,可以再次探究她的潜意识了。她一边用口哨吹着一首曲子,一边搭着提欧的手臂走在太空船的走道上。一走到她的座位,她深深叹口气坐下,拿出 CD 机,在完全的幸福状态中等待重返前世。

CD第七首

CD
第七首

艾苏其娜猛地睁开眼睛。她呼吸急促,以一种纷乱的心绪从前世重返。她发现那个为了孩子的死而悲切哭喊的女人正是齐莱丽,而那个在世上只活了几分钟的男婴却是另一世的她自己。这个她现世如此嫉妒的女人曾经是她那时候的母亲,这一点使她很感动。她再也不能以同样的眼光看着她,或是看着罗德里戈了。而罗德里戈,她深爱的罗德里戈,她愿为他做任何事的这个男人,却是曾经残酷杀害他的征服者,这真是太令人震惊了。

她费了一点时间才将齐莱丽的身形和罗德里戈强暴的那个印地安女人的身影连在一块儿。她们是同一个人！她很确定,因为她仔细观察过强暴的心像图无数次。她已经记住那张脸了。那心像图是罗德里戈重返前世的一部分,艾苏其娜病态地紧紧抓住不放。有多少次她沉浸在眼见罗德里戈占有别的女人、眼见他眼中欲火的折磨当中！如今她要用不同的眼光来考虑这个影像了。齐莱丽被杀死自己儿子的同一个男人强暴,那是多么令她悲怆的事！这是多么恐怖的体验！艾苏其娜对她感到深切的同情。

提欧立刻明白了艾苏其娜的感受。他一手搂住她,静静地安慰她,他轻柔的话语果真发挥了效果。艾苏其娜放轻松了。他建议艾苏其娜去问问,她在那一世的使命是什么。艾苏其娜温顺地遵照他的指示。停顿一段时间后,她回答说是要告诉阿兹特克人“爱的法则”的重要性,因为如果违反了它,他们就会招致危险,而尝到“对应律”的苦果。提欧问艾苏其娜她有没有传布这个讯息。她摇摇头,解释说她还没能把讯息传出去就被人杀害了。她也提到还有另一世她也可以传布这个讯息,那是在一九八五年,但是她再次受到了阻碍。现在艾苏其娜明白自己又获得了一次机会,可以说出那必须说出来的话。

就在这一刻,艾苏其娜开始明白所发生的每件事的原因。她发现所有事件都有一个逻辑在;每件发生的事都是之前某事的结果。依照这个逻辑推论,世界上就无所谓不公不义。对她而言,唯一剩下来的问题就是:为什么是我?为什么他们不挑别人去传布这么重要的消息?她找不出答案,但是至少她知道自己的使命,也重拾达成使命所需的热忱。

可是现在她运气不太好,面前出现了一个新的阻碍:她不能返回地球,因为她和太空船上其他每个人都正被警方追缉。她正思索这个问题,苏吉妲带来了一些重要消息。她刚刚听到太空船上的广播,说有一个由几个行星成员组成的团体正要到墨西哥市的拉维亚朝圣,到"瓜达卢佩圣女神殿"祭拜。如果他们能混进那群人当中,别人就不可能查出他们回到地球了。这个消息使艾苏其娜很兴奋。她和同伴商议之后,众人都同意在最近的行星上把"星际斗鸡号"丢下,再去搭乘载运朝圣团的大型太空巴士。

CD 第八首

圣米格尔天使，小小圣者，
不要这么铁石心肠，这么寂然无声，
不要再沉迷往日，
当我此刻正需要你之时。

此刻魔鬼正激动兴奋，
此刻圣者并不多兄弟，
此刻神祇也全无踪影，
而罪恶怡然漫步。

圣米格尔天使，小小圣者，小小圣者，
圣米格尔天使，小小圣者，
不要站在那里像块石头，
任我被幻灭的希望拖垮，
我哭了又哭，哭了又哭，再也唱不出歌

此刻魔鬼敲着我的家门。
此刻肥牛日益消瘦。
此刻贿赂以一角一打出售
生命正逼我走到极端。

圣米格尔,小小圣者,小小圣者……

莉莉安娜·菲利佩

14

说真的，对艾苏其娜我是没办法了。不管你帮那女人多少忙，到头来她总要把事情搞砸！

我发誓要遵守“爱的法则”，并且让别人也遵守，而此刻我却几乎要违背它了。我不再能够行使正义。我已经没什么道德伦理了，更糟的是，我感觉自己像个头号的刻薄人物，坐在守护神宝座上，心里头却只想把这一大群混账全都做掉——从伊莎贝尔开始，到地狱秘密警察头子纳盖尔！

我以为有了提欧的帮助，艾苏其娜就会振作起来，完成她的使命，但是非也！她所做的却只是神魂颠倒地爱上他，像个十几岁的年轻人一样，而现在她除了成天想着他以外，什么也做不了。不，毫无疑问的，每个人扮演自己的角色都很好——除了我！提欧，我们的便衣守护神，他可是太有效率了，这混小子！这可是他这辈子最乐的时候，他把艾苏其娜推到角落，对她动手动脚。他的理由是他这么做好让她能朝着

"神性之爱"的正路走去，但是他是用什么方法教她，可就难说了。而我就像个白痴一样呆立在这里，纳盖尔革除了玛蒙身为伊莎贝尔的魔鬼的职务；而玛蒙这会儿有用不完的自由时间，就开始去挑逗我心爱的人儿莉莉丝。而这时候满腔热忱的艾苏其娜却和胡利多密谋武装革命，要把伊莎贝尔彻底打倒。神来救救我们吧！艾苏其娜不肯往内心寻求答案，于是她把所有注意力都放在为别人解决问题上。为什么不呢？挑别人毛病总是容易得多。她怕自己必须一头栽到自己的问题里——在这浑水中可真是可怕——所以她想为她的问题找一个共通的答案，但却忘了共通的答案并不是每次都灵验，因为每个人都要留意自己的精神演进程度。没有一个社会组织能够找到一条适合所有人的路，因为艾苏其娜的日常问题，就像其他人——是过去未解决的一些错误所造成的结果。每个案例都是独一无二的。当然这种错误会影响到个人对外在世界的参与，但是个人的问题不是靠改变社会秩序来解决的，而是要靠改变我们自己。当这件事发生了，社会就会自动修正。每一个内在的改变都会在外在世界产生回应。

那么什么东西必须由内在改变？答案要在过去中寻找。如果我们要在今生克服这些问题，我们每个人就必须去发现哪些问题不能在其他世解决。否则这些问题会依然牵系在过去之中，那种连带关系迟早会变成一种锁链，限制我们去实现这一世的使命。对过去的了解是使我们挣脱这些锁链、完成我们使命的唯一方法，而我们的使命是独一无二的，是无法移转的，也是我们个人的。是哪个家伙告诉艾苏其娜说打一场游击战争可以解决她所有的问题的？不论是战争或是革命，虽然有时候挺需要，有时候也能达到有益社会的目标，但是它们也能够对个人演进造成不利的影响。在这个时刻的艾苏其娜，就是这个情形：任何这类活动只会使她无心于她的使命。

要完成"神性之爱"，还有其他障碍。最平常也最有破坏力的，就是自尊。世界上每一个人都喜欢感觉到自己很重要、被人欣赏、肯定和推崇。为达到这一点，他们通常会利用上天赋予他们的天赋。他们因为文字、歌舞、治国而获得的赞美，使他们忘记获此天赋的用意。如果他们生而具备特殊才能，那并不是要为了增加他们个人的荣耀，而是因为他们要以这些天赋为"神意"效力。

如果艾苏其娜要完成她的使命，那么她的组织天赋是她最可以倚重的武器，但是，矛盾的是，照她的行事看来，它却可能会变成她的大敌。她现在满脑子都是她自己——胡利多对她的技巧和智慧的称颂让她冲昏了头——所以一心一意要做出各种决定以打败伊莎贝尔。打场胜仗显然会使艾苏其娜得到更多的赞美，但是却也会使她心思离她的使命越来越远。

为什么会这样？因为如果她胜了，她就会成为政界人物。权力会使她相信自己是个重要的女人。自觉重要就会使她相信她配得上各种的殊荣和肯定。如果她没有即时获得这些殊荣和肯定，她就会感到受侵犯、受伤害、被贬抑，于是会憎恨不肯肯定她的人。为什么？因为到今天为止，还没有一个掌权的人不是这样的。就是这个原因。然后呢？她就会用尽一切办法一直掌权。用诡计、用谋杀，还用——简单一句话——仇恨的方式！而仇恨会将她的“气息”罩上一层层厚厚的负面外层。

仇恨堆积越多，她越不能听见我的劝谏，因为这类讯息是靠十分细微的能量的振动传送，这种能量的振动会被赞美的帘幕阻挡，而赞美的帘幕会使她陷在自欺之中。然后又怎么样？那我们就再也说不上一个字了。这道帘幕会阻隔任何一种关系，而我就会受到冷落。我，这个她的守护神呢！她实际上是应该寻求我的肯定才对，而不是去找那个蠢蛋胡利多！那个瘪三！

可是我在说什么啊？我竟然在这里辱骂一个无辜的人。只是艾苏其娜要把我逼得走投无路了。如果她不快点来找我，我恐怕会疯掉。我最恨的是，因为她的关系我要失去莉莉丝了。我受不了这样！噢，我知道这也是很平常的自尊问题，我也知道我最好是把它丢到一旁，免得妨碍我完成我对艾苏其娜的使命，但是我能说什么？我控制不了我自己。这多丢脸！我知道我看起来有多么可怜。一个吃醋的守护神——这是多好的小报故事！更了不起的是，我的博士论文是有关有缺陷的自尊是如何会毁灭一段关系的。相信我，这一切我可全都知道得清清楚楚。

自尊心方面有问题的人会想要一个受人珍视且有价值

的伙伴。最帅的、最美的、最聪明的等等。这个伙伴是唯他独有的，因为如果每个人都有，那就失去价值了。一旦他得到这样东西，他会不厌其烦地看守他的财产，不准别人碰它、偷走它，因为如果它不见了，他的自我价值就会贬低了。因此，他的伙伴就被看成仅只是一件物品，用来提升他自己的阶级地位，引人艳羡。这个自尊心极强的人绝不会怀疑他那个物品般的伙伴是不是“神的计划”中所指定的伙伴。真正的灵魂伴侣很可能走过这自尊心极强的人，却无法让他看上第二眼，只因为他没有看得见的才能，或者因为她不够美丽或聪明。无法探测人类灵魂深度，使自尊心极强的人无法认出这个伴侣，相反的，他的自尊却有可能力劝他挑选一个并不是命数配给他的人。

解决这个错误的唯一方法，是以自知将负面自尊变成正面自尊。真正了解自己以后，我们就会学习爱自己、珍惜自己，不为我们的伴侣是谁，而为我们本人。这份爱会使负面的气息变成正面的气息，然后，由于“对应律”，我们就能吸引命中注定的那个人。如果有人拒斥我们，我们也不会再感到不快乐，因为我们会明白吸引和拒斥是和业障有关，和我们身为人的价值并没有关系。如果有人排斥我们，我们的自尊会受苦，但是如果我们经由知识而克服这种拒斥感，我们就会明白我们自己要为破坏“爱的法则”负责，而唯一恢复平衡的方法就是经由爱。

看吧，我可是全知道得清清楚楚。可是这也不能保证我不会搞砸。

狗屎！这会儿连我的守护神都出现了。可真太好了。他总是在我们的沟通混乱和我行为像个白痴的时候出现。可是我有什么做错的地方！瞎搞乱整的人是艾苏其娜，不是我。或者是我吗？是我弄错了。我才是和她一样的大傻瓜。也许我一直在等她改变、让一切正确无误，然而实际上需要改变的人是我呢！我是个多大的傻瓜呀！

那么现在我要怎么办？

15

在这艘庞大的太空巴士里，上千名乘客的祈祷声使艾苏其娜心中充满了希望。这么多信仰集中在狭小的空间是极具传染性的。许愿蜡烛的热度和燃香的气息产生一种温暖、天真、纯洁的感觉。艾苏其娜感觉自己比以前都要年轻。她的双颊染上玫瑰色，身体的疼痛消失了，她也完全忘记自己的失明、患关节炎的双手和坐骨神经痛。她和提欧的关系使她感到安全、被爱和被人渴望。她知道他不在乎她的皮肤有皱纹、她的发色灰白、她的牙齿已经都不是她的。他依然爱她。

没有人能否认恋爱会给一个人带来奇迹。生命已经完全改变了。依偎在提欧怀中的艾苏其娜觉得自己是全世界最年轻、最美丽的女人。她自问她的情感是不是唯一的，或者这种情况是否经常发生在上了年纪的人身上。就算身体衰老又有什么关系呢？内里的人还是同一个。内心的渴望也是同样的。

但是一想到她的欲望，艾苏其娜突然记起罗德里戈了。她完全忘记他了！这是很合理的，因为在她的那些亲吻中，要记得任何事情都不是容易的事。况且提欧也使她相信，罗德里戈是爱她超过世界上任何人的，唯一的问题是他不记得了。就像任何女人一样，艾苏其娜接受情人只爱她一个的说法，就可以容忍他的不忠。她知道就算罗德里戈被齐莱丽所吸引，那也是因为在另一世的一段露水恋情，只要他重新恢复理性，就立刻会回到她身边，从此天长地久再不分离。

同时，她和提欧之间的关系进展得好极了，而她对这种情形并没有罪恶感。提欧对于“忠贞”有一套很有趣的理论，她也接受这套理论。他说只要一个伴侣能使一个人的心中充满了爱，这个伴侣就是好的。然而要是这段关系中产生了仇恨、憎恶或任何负面情绪，却没有带来什么好处，它就会阻碍个人的演进。此时灵魂中充满了黑暗，那个人再也看不见可以引领他到绝配灵魂、引领他重现天堂乐园的路。

齐莱丽和罗德里戈两人相爱，对艾苏其娜来说也没什么不好，因为罗德里戈的不忠会使他更快回到她身边。一个人要用一万四千世的生命去对其原本的伴侣不忠，但是说来却也矛盾，不忠却是回到原伴侣身边的必由之路。当然，这并不是为了不忠而不忠。使我们演进的爱情，本就是双方互相托付的产品。这种爱情滋生在一个封闭的圆当中，圆包含了男性与女性——阴和阳——这是产生生命、欢愉、平衡所不可或缺的两个元素。恋爱时，我们应该只忠于对方，因此我们的爱越深，我们越肯付出，这个圆当中就能有越多的能量流动，我们的演进就会越快速。

但是，假设说，如果男方决定打破他的能量圆，而和一个新情人建立联系，那么他所产生的大部分能量就会无法避免地散失了。在这种情况下，不忠是有破坏性的。不过这并不表示说一个人必须一生都忠于一个伴侣。不，只要爱情双方的爱情能量有交流，这个结合就可以维持下去，一旦没有交流，我们就应该去寻找一个不同的伴侣。总之，解决之道是不忠，但这种不忠却是合理的不忠。它的目的是要让一个人充满爱的能量，就像提欧和艾苏其娜那样。

提欧整晚安慰艾苏其娜后，因为累得不得了便睡了。另一方面，艾苏其娜却是精力充沛。她从床上一跃而起，去找胡利多，好继续进行打倒伊莎贝尔的计划。艾苏其娜担心只要伊莎贝尔在那儿，她永远都无法将“爱情金字塔”上的塔尖冠石放回原位。为什么？因为伊莎贝尔是个彻头彻尾的混账！只有把她除去，艾苏其娜才能放手去做。

她发现胡利多正在太空船遥远的一个角落里喝一瓶龙舌兰酒。艾苏其娜在他身边坐下。他挑的地点太好了：尽量远离其他人——越远越好。这样的话，他们就可以讨论他们的计划，不会被人听到。唉，其实这也不是唯一的理由。事实是艾苏其娜在人群中从没有感到自在过。她喜欢比较私密的空间。这一点和苏吉姐恰恰相反，四周围满了人的时候，她就会如鱼得水般自在。人越多，她越喜欢。

艾苏其娜相信大多数的“非演进党”都具有这项特征。不论外表上他们有多么的不同，他们在全宇宙的表现都是一样的。他们彼此能够相互了解。苏吉妲可以很快就很自在地跟每个人说上话，这一点总是让艾苏其娜感到神奇。在他们和这一船的朝圣者相处的短短时间中，她已经知道几乎所有人的生平了。她竟把自己祖母的死抛诸脑后，真是教人难以置信。不过艾苏其娜相信或许是因为苏吉妲仍然见得到祖母。她没有时间去感受到已失去了祖母，因为实际上祖母并没有消失不见。她的祖母虽然不是真正尚在人世，但是从某方面来说却又是的：身体内的灵魂是艾苏其娜的，但是她人还是活着的。

不管是什么理由，幸好苏吉妲虽然经历过这一切，却仍然没有失去她的幽默感。她从这群人走向那群人，谁的对话都能插上一两句。一群人正在争论某人是先射出还是后射出……还有一个是正中头部？苏吉妲以为他们在讨论布什被刺的事，便跑过去想听点最新的闲话，不过她很失望地发现他们是在争论地球和木星的星际足球冠军赛的事，这场比赛地球队输了。苏吉妲认为要为这场败仗负责的人是教练，因为他没有让雨果·桑切斯上场。他们应该听他太太的话，她一直在看台上高喊：“让他上场，让他上场！”

对话的大意如此，然后有人问起苏吉妲知不知道布什先生被杀的相关事情。这话使她有一点紧张，但是她不想引起他们的疑心。她深吸了一口气，准备抛出一个合适的答案。

一如往常,她的评论一开始都相当正常。她用很大的声音警告在场的每个人不要受到新闻的影响,因为被控犯下这项罪行的人只不过是制度下被牺牲的小喽啰。每个人都很满意这个解释,显然也没有注意到苏吉妲的话说得有些混乱,或许也有人注意到吧,但是即使注意到,似乎他们也不怎么在意。啊,艾苏其娜想:"物以类……"

朝圣者们发现苏吉妲消息相当灵通之后,就问她墨西哥的情形如何。他们最担心的就是近来的暴力事件。苏吉妲表示同意,并说她希望能够很快找出是谁那么阴险,实施了那些可怕的谋杀案。

"那些谋杀案?我们还以为只有一件——布什先生的案子。还有别的案子吗?"

艾苏其娜开始火了。她必须找个方法要苏吉妲闭嘴,否则她只好把每样东西都毁了,让所有人都完蛋。于是艾苏其娜要胡利多带她到苏吉妲那里,以便把话题转开,但等到她走到她身旁,已经没有这个必要了。苏吉妲已经巧妙地换了别的话题,正用波波卡德佩多火山爆发的一套理论带给她的听众乐趣。她告诉他们说,这座火山吸收了地球上每个人的能量和思想,而最近因为它吃进去的都是震惊和暴力,造成它消化不良,它打嗝时就喷出了带有硫磺的强风,伴随着他们已经都听说了的地震。朝圣者全都对苏吉妲的解释感到惊讶,而使他们更加深信墨西哥的情形越发恶化。如果波波卡德佩多有那么生气,它有可能在所有以地下通道和与它相连的火山间爆发连锁反应,引起全球性灾难,这不只影响地球的居民,更波及太阳系里每一个人。

要是罗德里戈没有跟齐莱丽一起走掉,艾苏其娜对于小石子嵌进膝盖的痛可能还没那么敏感。她和那些仍然蒙面扮作朝圣者的同伴们已经跪在地上很久了,他们随着成千上万想进入"瓜达卢佩圣女神殿"的人一寸寸往前爬行。为了不引人怀疑,他们决定等到弥撒过后再和香客们分开。唯一冒险离去的两个人是罗德里戈和齐莱丽:齐莱丽是因为她急需回家,罗德里戈则是要跟着她。况且齐莱丽也看不出有任何理由要和这群人待下去,因为在苏吉妲前任丈夫体内的罗德里戈和她,都不是警方要追捕的对象。

他们离去之前,假装并不在乎的艾苏其娜还很快地向他们道了别。不过提欧很清楚,她内心都已经要被扯裂。他像以往那样支持她,一直没离开她身边,在身体和精神上给她极大的支持。要不是有提欧在,谁知道艾苏其娜对于失去罗德里戈会怎么样?只要罗德里戈还在她身边,她是能够忍容他的不忠的,但是他不在时她可就做不到了。

提欧以极大的温柔试着要填补罗德里戈留下的空白,于是他带着艾苏其娜沿着最好走的路来到埃尔·波其多。这是一处天然泉水,从久远已无复记忆的时代起,阿兹特克人在祭拜女神托南辛之前就都在这里清洗身体。自征服之役后这项仪式就一直延续下来，除了曾以瓜达卢佩圣女之名进行一段时间之外始终未曾中断。这个仪式的目的是让人清洗脸孔、双手和双脚之后再进入会堂，以洗去所有思想、言语和行为上的不洁。最佳向导提欧避开各种障碍，一路领着艾苏其娜到达埃尔·波其多的边缘。她俯下身，用双手捧起泉水，还没有把水泼往脸上清洗，苏吉妲已匆匆走到她身边，低声说道：

“不要转头。在我们背后是那个用了你以前身体的家伙。”

艾苏其娜的心要跳出来了。这话唯一的意思是，伊莎贝尔的人已经追上他们了。

苏吉妲、艾苏其娜和提欧立刻起身往人群中钻，“前”艾苏其娜则在后紧追。要推开不断接近的人群穿过去，已经几乎是不可能的事了，尤其是对失明的艾苏其娜而言。提欧决定抱着她走，因为她至少踩到了六个跪着朝神殿爬过去的人身上。他们推推挤挤地穿过涌向他们的人潮才几分钟，就把“前”艾苏其娜甩掉了。不过他们却又撞上两个警察，警察用怀疑的眼光看着他们，然后开始跟着他们走。提欧还是抱着艾苏其娜——她已经昏过去了——这会儿加快速度，并且要苏吉妲跟着，随着他曲曲折折地跑过群众。他对这一带很熟，因为他从小是在这里长大的。当他们来到一个角落以后，他招呼苏吉妲进到一间废弃的建筑里。他轻轻把艾苏其娜放在地上，温柔地亲吻她的前额。艾苏其娜恢复了知觉。提欧用手掩住她的嘴，免得她发出声音败露藏身所在。苏吉妲也一改常性地安静下来。他们唯一听见的，是他们自己的心跳声、一艘太空船扩音器宣布竞选行星总统的欧洲及美国候选人要举行虚拟实境辩论赛……和"前"艾苏其娜的啜泣。

提欧和苏吉妲赶忙四下搜寻，发现他躲在损毁建筑的阴影中，看起来既狼狈又惊骇。他一见自己被发现，忙示意要他们安静。提欧低声告诉艾苏其娜出了什么事。她很讶异这个保镖似乎也和他们处于相同的困境。

待警察往别处去之后，苏吉妲对"前"艾苏其娜大骂起来。

"现在你变成爱哭宝宝了啊？你四处分解别人的时候怎么不这样呀？你以为这样警察就永远找不到你了吗？嘿，等等。如果警方知道你在杀死布什后做了身体改换，他们就会知道我们是清白的。好，看着好了，我要去告发你！"

苏吉妲开始往门口走去要报警，但被"前"艾苏其娜拉了回来。

"等一下！警察仍然相信是你们杀掉布什先生的，所以如果他们看到你们在这里，他们就会先拖你们到监狱去，我可以告诉你们……真的，你们把我交给警方，对你们并没有帮助——我躲的不是警察。"

"那你在躲谁？"艾苏其娜问。

"伊莎贝尔·冈萨雷斯。"

"可是她不是你的老板吗？"苏吉妲吃了一惊。

“以前是，可是她把我开除了。噢，那真是可怕——就只因为我怀孕了。”

艾苏其娜脸色铁青。这个前芭蕾舞女保镖因为用了她的身体现在快要生小孩了。这个贱人！艾苏其娜灵魂中涌上又妒又羡的心情。她多希望能要回自己的身体，体验怀孕的感觉！只要她人在苏吉妲祖母的身体里一天，她就不可能体验到这种感觉。愤怒像酒精一样直冲她的脑门，提欧还没来得及制止她，她已经跳向“前”艾苏其娜，开始对她又抓又扑。

“你这个荡妇！竟敢用别人的身体去怀孕！”

“前”艾苏其娜弯腰护住肚子。他只能做到这一点。他根本没可能反击这个疯老太婆挥在他身上的拳头。

“不是我想去怀的，本来就是这样！”

艾苏其娜动也不动。“本来就是这样？”

“是啊。”

血液冲击着艾苏其娜的太阳穴，有一瞬间，她的世界没了声响，漆黑一片。如果这具身体在保镖接手之前已经怀孕了，那么这位仁兄将要生下的孩子就是她的了——是她在和罗德里戈共度那神奇美妙的蜜月之夜受孕的。艾苏其娜抓住他的肚子，仿佛想把那个不属于他的孩子抢走；去隔着皮肤感觉到最微小的胎动、感受到生命、感受到爱；去告诉他腹中的宝宝说她才是他的母亲；去唤回那天两人温存时对罗德里戈的回忆。她似乎在请求小婴儿原谅她在不知情的状况下将他抛弃。她若早知道自己怀孕，绝不会放弃这具身体。绝不会！

而此刻她愿意付出一切、付出任何东西，只求婴儿能在她子宫里，能感受到他的成长，让她能抚育他、亲眼见着他！但是这些全都太迟了。现在的她在一个乳房已干瘪、双手患风湿的失明老妇体内，除了爱以外没有一样能够给这孩子。提欧的手臂搂住她的肩，使她回到现实。她将头埋在他胸前，悲痛地哭着。她的饮泣声中还夹杂着"前"艾苏其娜的啼泣。

"你们不知道怀着这孩子对我有什么样的意义。不要把我交给警察。你们不会那么残忍的。请救救我，他们要杀我！"

"但是为什么呢？"艾苏其娜停止哭泣问道。现在她关心的是她孩子的未来。

"因为你怀孕了吗？"苏吉妲问。

"不是！别傻了。怀孕是他们开除我的理由。不是的，他们要杀我，是因为那个坏女人不懂得感激。你看看我为她做牛做马那么多年以后她是怎么对待我的！还有那些我为了她而不去做的事！我随时可以预先想到她的每个突发念头。我为她加班工作成千上万个钟头。她交给我的工作我没有一件不是立刻处理好……呃，是有一件事我忍不下那个心去做，那就是杀掉她女儿。"

"那个胖女孩吗？"苏吉妲插嘴问道。

"不是，是另外那个，是在她之前的女儿……一个很可爱的小家伙。我自己都怀了孩子，怎么可能去杀一个女婴？想想看！"

"那么是谁杀了那个女婴？"艾苏其娜问。

“没有人。我本来很想收养她，但是不行。我的工作和伊莎贝尔小姐太近了，早晚她会发现的。我能怎么办？所以我把她送到一所孤儿院……”

“孤儿院”这几个字像一阵凛冽的风吹进艾苏其娜的心中，让她背脊从上到下起了一阵寒意。她幼年在冷冷的孤儿院生活的回忆重返心中。她全身颤抖，感到和那个小女孩之间有股感情牵系着，因为小女孩也和她一样，是在无亲无故中长大。

“真可怕！那一定是你生命中最不快乐的成就之一了。”苏吉姐用她那独特的风格发出议论。

“啊，是的。”“前”艾苏其娜说，其实他并不是真的明白苏吉姐的意思。

“但是伊莎贝尔为什么要杀她？”提欧问，这是这番会话中他头一次插话。

“因为小女孩的星座图显示她有一天会把伊莎贝尔从权力的高位上推下来。但是我认为这根本是无稽之谈。我不懂神为什么要给一个根本不想要孩子的女人子女。你们应该看看她是怎么对待她另一个女儿的，只不过因为那可怜的孩子胖了点。”

“好吧，好吧，但是你还是没有告诉我们他们为什么要除掉你。”苏吉姐坚持问道。

“呃，因为当她对我说她不想见到我再在那里待上哪怕一分钟，哎呀，我觉得很不好受，你知道吗？这巫婆要把我甩掉，我可是咽不下这口气的，我能咽得下吗？所以我就开始想，我真想看到这个贱女人变成一只病老鼠，然后让一个人造卫星砸到她身上，把她砸个稀烂，就在那时候，进来一个总是在记录我们想些什么的头脑分析师，他告诉了她荧幕上显示的东西，你们就可以想象她的反应如何了！”

“可是他们为什么不当场就杀了你？”苏吉姐问，对于他们竟让他逃走感到有些失望。

“因为我的好朋友阿加皮多没这个胆。他告诉老板说他做了，他把我分解掉了，但是那不是真的。他把我藏在他的房间里，一直到我们到了地球，因为……呃，因为他有点喜欢我，而……有点喜欢和我在一起，你知道。然后他把我放在这里，让我向瓜达卢佩圣女祈祷，因为他也没办法再帮我什么忙，可是你们也看到发生的事了。我甚至还没时间求我自己的神迹呢。”

“嗯。有一件事我不明白。那台心像摄影机怎么能记录你真实的想法呢？”艾苏其娜问道。

“它一向都可以做到吧，我猜。”

“不可能。我的身体……我的意思，是你的身体里面植入了一枚微电脑，它有特殊的程式，会发散出正面的思想。如果那个电脑在运作，你真正的想法就不可能被拍成心像。”

“喔？真的吗？那么也许我身上这个你说的电脑坏了……或是精神崩溃了……我也不知道。但是不管是什么原因，反正伊莎贝尔几乎要心脏病发作了。”

艾苏其娜想起狄耶斯博士告诉她说这项发明仍然处在实验阶段,便感到很兴奋。这就表示说在再过几小时就要举行的辩论当中,伊莎贝尔脑中植入的那个电脑有可能会出毛病。在辩论进行当中,记者团所要做的事是深入了解各候选人过去的十世生命,看这两人当中谁的记录最清白,这是竞选资格规定的。两人各需经过一段以音乐导引的重返前世过程。很自然的,记者们挑的音乐主题是可以直接引发潜意识中黑暗阴沉部分的。只要狄耶斯博士装进伊莎贝尔脑中的仪器像"前"艾苏其娜的那样坏了,伊莎贝尔的谎言就会在全世界面前被揭穿。

他们必须要看这场辩论!这是他们不能错过的事,不过他们必须先找到胡利多,他们在人群中和他走散了。终于他们找到了他,他正在卖伪造的波其多净水票。他们离开先前藏身的建筑之前,艾苏其娜在门口停下来,邀"前"艾苏其娜和他们一起走。"前"艾苏其娜对着她千谢万谢。

"不用谢我。我可不是好心才请你来,只是因为我想离要生下我的宝宝的男人近一些。"

"老天爷!""前"艾苏其娜惊叫道。他不敢相信艾苏其娜的灵魂竟附在这个小老太婆的身上。

"是的,就是我,你可以换下你那种白痴表情了。你没有杀死我,你这个混账,你只是杀了我的身体而已,不过我不会忘记你企图杀死我的事实。"

"前"艾苏其娜正想向艾苏其娜道歉,两人却听到一阵奔跑的脚步声，于是躲到一条巷子里。他们静静地看着罗德里戈和齐莱丽朝他们跑过来。齐莱丽吓坏了。他们到哪个地方都看到有齐莱丽气息图的招贴告示。她和罗德里戈——准确一点说，是罗德里戈目前所占据的躯体——被控是暗杀布什先生阴谋的主脑人物。齐莱丽一见到艾苏其娜、提欧和苏吉妲，忙跑过去热情拥抱他们，求他们救她。

“噢，对呀，”苏吉妲骂道，“现在你看我们又是好人了，呃？但是我们需要你的时候，你的忠心在哪里？”

艾苏其娜没有让两个女人陷在没完没了的唇枪舌战之中。她一边热切欢迎罗德里戈和齐莱丽，一边感谢那些把这一对男女送到他们身边的“通缉”海报。

提欧的家看起来像是瓜达卢佩神殿的分殿。迫于当下形势，它变成了众人的收容所。艾苏其娜、罗德里戈、苏吉妲和胡利多是再也不可能回到住处的。齐莱丽的房子被警方搜查过，“前”艾苏其娜的房子除了被监视外，还因为地震严重受损。所以他们对于提欧诚恳的邀请也只能接受。他住在特拉特罗可的一间小公寓里。在墨西哥的这一带他感觉很自在，因为他的前几世都是在这里度过的。

现在正是两位行星总统竞选人的辩论时刻，提欧的客人们全都围坐在他的电视机前准备收看。和苏吉妲一样，提欧也只有一台3D电视，不过没有人有异议。他们感兴趣的只是要看到伊莎贝尔出糗的那一刻。艾苏其娜无法亲眼看见这场辩论，这使她气急败坏，由于提欧忙着为他们准备晚餐，口述辩论实况的责任就落到苏吉妲头上了，而这项安排到头来却让艾苏其娜一肚子气。苏吉妲不能边嚼口香糖边报道——她一向不能同时做两件事——所以现在她不是看着荧屏就是说出电视中发生的情况。有趣的部分她会看得出神，这时她就会张口结舌呆瞪住影像。而艾苏其娜却只能听见重返前世过程中播放的音乐，一再追问苏吉妲荧屏上方才发生了什么事。艾苏其娜也没其他选择。罗德里戈和齐莱丽一逮到任何机会，不是搂抱就是亲吻，除了自己根本无暇顾及他人。听"前"艾苏其娜解说简直是场灾难。他任意为画面加油添醋，凭空杜撰，而且他一旦开了口就没办法住口。胡利多早已半醉，还不断发出一些愚蠢的评语，所以苏吉妲是艾苏其娜唯一的选择，不论她看起来有多么无药可救。

她会突然静默不语，这已经够糟糕了，但还不止这样呢，在有些比较无趣的地方，她还会打起盹来，因此艾苏其娜就不知道画面上发生的事情究竟是太有趣还是太沉闷了。欧洲候选人最近的十世生命沉闷得令人难以想象。苏吉妲睡得太沉，甚至连鼾也不打。艾苏其娜痛恨安静，因为那使她置身在完全的黑暗中。她需要人声将她和当下连接起来，否则她的感官就只能接收到总统候选人听到的那段音乐，她的心思就会开始漫游，然后她就迷失在漆黑当中，穿越她自己过去的一世世生命。这并没有可怕之处，只是这不是她想要的。她想要最先知道伊莎贝尔脑中的电脑会不会让她出丑。

轮到伊莎贝尔重返前世做检视时，房里变得绝对安静。每个人都紧握住双手，希望那枚植入的电脑会发生故障。伊莎贝尔的前三世生命已经检视过了，没有出现什么大事件。问题出在她身为特蕾莎修女的那一世。起初一切都很好，荧幕上详尽地映出她圣者的生活，只见她抱起伊索匹亚一个营养不良的孩童，发放食物给麻风病患者，但是接着……微电脑终于失灵！

CD第九首

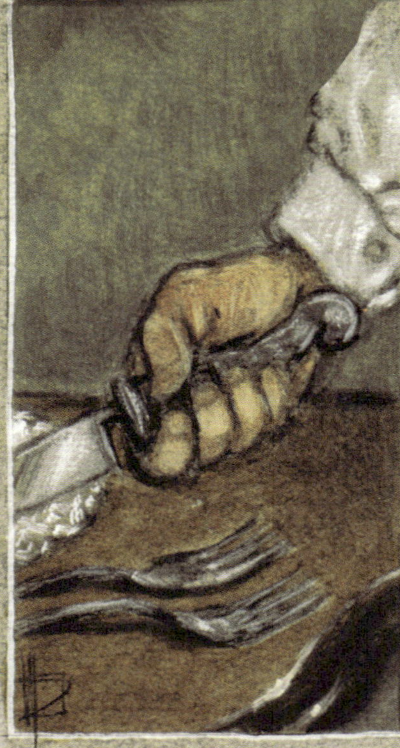

罗德里戈大叫:“那是我的前世！那个女人是我！”

在回忆中漫游的艾苏其娜被这句话惊醒,回到了当下。苏吉妲的沉默,加上其他人的不发一语,使她只能倾听音乐,而她自己也重返过去——但是并不是很久以前的过去,只是回到她目前这世生命的起始。她知道那是一次非常严重的难产。她的脖子被脐带缠了三圈。三圈！差一点她就变成了死胎。医生们救活了她,但是她自己却险些把自己勒死。她想杀死自己的原因是她知道她的母亲会是伊莎贝尔·冈萨雷斯。多可怕的噩梦呀！而她正是伊莎贝尔下令要杀掉的那个女儿！使情况更复杂的是,“前”艾苏其娜那个因为杀了她的身体又自己占用而使她很不悦的保镖,却正是她婴儿时救了她一命的人。看来似乎她一方面得感谢他的救命之恩,一方面又要为她的死而找他算账。

罗德里戈的喊叫声再次将她从思绪中唤醒。

“艾苏其娜！你听到我说的话了吗？伊莎贝尔的生命和我看到的是同一个！”

艾苏其娜刚发现的事已使她大为震惊,所以她花了好一段时间才明白罗德里戈——当然啦,那个爱管闲事的苏吉妲也帮着忙——想告诉她的是什么。他们说伊莎贝尔是最最凶残的杀人犯、说她曾经在有一世中用木棍刺死人、说她在另一世中杀死罗德里戈的小叔子、说现在一切都要公开了、说她已经被人五花大绑,正在全星球人的面前受羞辱、说她这么个可怕的怪物活该如此、说她用植入的微电脑骗了每一个人,她一定会被杀的、说他们被赦免只是时间问题等等。

提欧要大家安静,看电视上发生什么事,这时候艾苏其娜此前的空想才结束。电视荧幕一片空白。电视台向观众宣布他们遇到了技术上的问题。亚伯·查布洛道斯基正宣读一份行星总检察长发出的公告,告诉大众这是一项破坏行动。总而言之,他们想使观众相信起先他们看到的画面是伪造的,是由占领虚拟实境电台的破坏分子发射出的,目的是要抹黑伊莎贝尔。

“不是这样的!”他们全部叫了起来,“是我们亲眼看到的!”

艾苏其娜急得不得了。他们必须想出办法证明伊莎贝尔是个骗子。这是打败她的唯一方法。胡利多立刻开始为他们能不能成功翻盘打赌。众人当中的悲观分子偏向于会失败,但艾苏其娜却不这么认为。她不能放弃。她已准备战到最后一个回合,不计一切代价,即使意味着要进行全面战争也一样。不过事情没这么简单。地球上没有人有武器。她和胡利多已经拟好一个计划,要组织一支游击队,但是要进行这项计划需要钱、联络人和运送武器的太空船——而这些当中他们一样也没有。

他们做得到的最直接的行为是提出证据,证明全世界的观众看到的那些影像是千真万确的。他们一定要弄到那些影像才行。但是在哪里?要是他们还有那架自动“通灵板”就好了!“通灵板”被他们留在胡利多的太空船上,而太空船本身也被留在一颗遥远的行星上了。哎呀,现在哀叹这些也没有用。他们毫无办法。更糟的是,他们离开艾苏其娜的公寓时太匆忙,竟弄丢了罗德里戈前世的照片、CD、CD机、附有资料的非洲堇,以及与狄耶斯博士被杀案有关的所有相片。而他们没有办法拿回这其中任何一样。

艾苏其娜不知道该从哪里开始。她去找提欧,用双臂搂住他。她希望他能让她心中平静。思考使她气力耗尽,于是她让自己心里成为一片空白,就在这时,她额头上的钻石使她充满了"神性之光"。她体验到无比清明的一刻,因此她想起来了:在太空船上她引导罗德里戈进行重返前世的治疗当中,从他那里她得知他在一五二一年强暴了齐莱丽,在一八九〇年当他再世成为女人时强暴了他。如果男性的齐莱丽是强暴罗德里戈的那个小叔子,那么她就是伊莎贝尔的弟弟。因此,如果他们能对齐莱丽进行一次重返前世的过程,他们就可以看到做丈夫的伊莎贝尔杀害他弟弟齐莱丽的现场情景。

但他们手边没有所需要的音乐,这令人十分恼火。于是艾苏其娜安慰自己,反正就算他们能进行重返前世的过程,并且拿到新的心像图,那些影像也没有什么帮助,因为他们自己都还在受到警方的追捕,他们根本不可能把照片送交警方,他们必须要到别处去找证据。

齐莱丽记得她还留有那把艾苏其娜在跳蚤市场感兴趣的汤匙。艾苏其娜欣喜了一阵子,但是她想到他们现在又没有自动"通灵板"可以测试,便又泄了气。如果能够得到对汤匙的分析报告，将会大有帮助。艾苏其娜想到在罗德里戈前世中一帧照片里，强暴者的脸在汤匙上反映出来，偷偷从强暴者背后刺了一刀的那人脸孔也同样映出来——那个人也就是伊莎贝尔转世的男人。这应该会是令人信服的证据，足以把咱们这位可爱的候选人定罪了！

可是真讨厌！没办法弄到那个影像！苏吉妲提议他们为这把汤匙进行前世检视。除了艾苏其娜外，每个人都笑她，艾苏其娜认为这个提议蛮有道理的。所有物体都会振动，而且会受音乐的影响，而它们还有一项有利之处，就是不会为妨碍人类的情绪障碍所害。不过这个计划仍然有困难，因为他们没有音乐可以让这把汤匙振动，也没有心像摄影机记录下这些回忆。苏吉妲适时解决了难题，自动提议要唱一首她最喜欢的歌曲。她说她不用任何伴奏。于是提欧从一个柜子里拿出一台老旧的心像摄影机，每个人都集中注意力，投入到实验之中。

罗德里戈手里拿着汤匙，预备启动他们想重访的那一世的回忆。而自信满满的苏吉妲也开始用尽肺部气力大声唱起《你的慈悲》的歌词。

CD 第十首

喜欢
蔬果的人哪
这首曲子献给
“慈悲市场”。

芒果们在闲聊
说酸橙是多么新鲜，
说平淡无奇的甜橙
还自以为是橘子；
说霸王树果
由伪善的苹果带着
抓起可怜的橄榄
权充午间点心。
万事流逝，万事流逝，
就连……枣子也会流逝。
小姐呀，别挑剔，
我们全都鲜美可口。
有的以为自己是红醋栗，

但它们却只是酸葡萄。
“喔,我的邻居们多气派呀,”
黑皮肤的人心果说,
后来它又批评榅桲,
说它长得像黄皮肤的老外。
“不要那么粗俗,”
石榴回答说,
“你不过是个晒得老黑的人心果。
没有人对你说一个字。”
万物流逝,万物流逝,
就连……枣子也会流逝。

莉莉安娜·菲利佩

苏吉妲欣然接受了众人震耳的掌声,感到了极大的满足。她的声音比阿摩尼亚还具有撼动力,能把汤匙中那次强暴场景最后的点点滴滴都震落。这批逃亡者对他们自己深为满意。影像很清楚,只是汤匙中的倒影很小,而且不容易被看出。提欧还得到他的电脑那边把图放大。其中有一张是男性伊莎贝尔正要杀她弟弟——男性齐莱丽——时脸部表情的复制相片,复制得非常好。虽然如此,他们还是不能说他们的问题已经解决了。

他们握着的证据能证明他们的假设是正确的,但是如果要把它作为伊莎贝尔的罪证,一个善辩的律师一秒钟内就能把它推翻。他可以说,没错,那或许是杀人凶手的脸,但是图上却不能证明杀人者就是伊莎贝尔。他可能说得没错,因为世人在虚拟实境机中所见的伊莎贝尔部分的前世中,场景不是在汤匙中反映的影像,而是从不同的角度——杀人者的角度——而在这些影像中,一直没看到凶手的脸。透过杀人者眼睛看到犯罪的景况,这表示杀人者的脸不可能被看见,因此杀人者的照片虽然是真的,却不能以此将伊莎贝尔扯进来。被告可以声称汤匙里的影像是电脑合成的。真可惜,因为这张照片非常好。

艾苏其娜无法检视这张照片,这使她非常泄气。她只能把罗德里戈给她的描述在心中重建。当她开始在心中看到当时的景象时,她觉得她好像快要再次挖出一件已被遗忘的事实。突然她叫道:“有了!”根据罗德里戈告诉她的事,齐莱丽的男性脸孔出现在汤匙中倒影的前方,在中间是伊莎贝尔的男性脸孔,背后则是一扇彩绘玻璃窗的上半部。艾苏其娜的脉搏加速跳动起来。这扇彩绘窗户的描述和她在一九八五年眼见落向她的那扇窗子一模一样。当时的地震景象再次闪现在她心中,气氛之强烈和她第一次看到地震时的景象相同。一瞬间,她再次看到罗德里戈把她抱进怀中,天花板朝他们身上压来;再次体验到那混乱、痛苦、死寂、灰尘、鲜血、瓦砾;看到有人走到她躺着的地方,看到一双手抬起一块石头,将在下一瞬间砸向她的脑袋……就在石块砸到她之前的一瞬,她看到伊莎贝尔脸上的恨意。她记起来了:就在她转过头去想避开被石头击中的那一刻,而……她的心脏停止跳动,一片空白。她的回想凝结成一个影像:就在她死之前,她转过头,眼睛——她非常肯定!——看到了埋在瓦砾下的"爱情金字塔"。她心中牢牢印刻着罗德里戈强暴齐莱丽的情景,她一遍又一遍返回到那个画画,而现在她才想起罗德里戈告诉过她说他在"爱的神殿"上强暴了齐莱丽。那和她死前在房屋地下所见的金字塔是同一个。因此她只需找出那栋房子确切的位置,去找出金字塔就可以了。

既然她在与绝配灵魂重聚这件事上没什么好运气,那么至少她可以去完成生命中的使命。艾苏其娜请求提欧帮忙,于是他们很快开始动手。靠着摆锤和一份地图,她很快就找出了那栋房屋的地址。"前"艾苏其娜听到地址时几乎要梗住了——那是伊莎贝尔的住址!这可把每件事都变复杂了。

“前”艾苏其娜证实了那栋房子的中庭地下有座金字塔，一直有蹿出之势。艾苏其娜明白这回他们可是真正遇到麻烦了，因为伊莎贝尔的房子是座坚固的堡垒，他们当中谁也进不去。不过“前”艾苏其娜慈悲心大发，他说他知道有个方法可以进入那座堡垒，就是透过艾苏其娜的妹妹、伊莎贝尔的胖女儿卡蜜拉。卡蜜拉很爱“前”艾苏其娜。他是她幼年时唯一疼爱她的人：她生病时陪在她床边、教她写作业、她生日时送花、星期天下午带她出去玩、对她说她好漂亮，也从不会忘记亲吻她、对她道晚安。所以他非常确定如果请她帮助，她不会拒绝，因为她对他而言一向就像个女儿一样。

“况且，”他说，“我们利用她去整她母亲她也不在乎，因为说真的，她从来也没爱过她母亲。她们俩之间的仇恨一向是相互的。”

提欧评论道，历史上各种革命的兴起，正是由于这类关系中积累的怨恨。到了某个时刻，那些被驱逐的、被遗忘的、被虐待的，便会结成一伙，对抗那些掌权人士。可悲的是，一旦被压制的人得胜，将掌权者取而代之，他们唯一的念头就是报复，到头来他们也不会比被他们夺权的人好——直到新的一群不满分子从他们那里夺权。不幸的是，世事就是如此。只有在他们成为被压迫的一群人后，他们才会看到不公不义。当他们握权时，他们也是毫无怜悯地统治，为免失去宝座，无所不用其极。

要通过权力的考验是极度困难的。大多数人都会被魔鬼所迷惑，将他们没有权力时所学得的一切忘掉，反而犯下各种凶残的暴行。只有当掌权的人肯遵照“爱的法则”去做的时候，人类才有解决之道。艾苏其娜相信只有恢复金字塔的功能，这件事才能发生。其他人也都同意她的看法，于是众人决定和卡蜜拉联系。

不幸的是，就在这一刻，就在他们眼看要解决问题了，就在他们已经掌握了必要消息的时候，警方却赶到并将他们逮捕了。

16

伊莎贝尔·冈萨雷斯受审期间,人人都全力以赴,因为这件事关系到“爱的法则”的存亡。阿纳克雷翁特做艾苏其娜的顾问,玛蒙则替伊莎贝尔辩护。地狱秘密警察头目纳盖尔是被告的特别顾问;大天使米迦勒做检察官的特别顾问。魔鬼和小天使照顾陪审团团员。玛蒙在祈祷。阿纳克雷翁特在咒骂。双方人马用尽了一切奸险的诡计。这场战争是惨烈而且血腥的……只有最强的一方才能生存。然而又不可能预测结果。从一开始,态势就很明显,双方获胜的机会是相同的。

伊莎贝尔可是经过苦练的。从她知道她必须打一场干净的仗——也就是不能借助于微电脑——以后,她就得到了一个秘密指导者的帮助。她很清楚陪审团的组成分子主要是灵媒,所以她推断,若要使他们相信她的无辜,最好她能够以纯粹的意志操控她心中发射出的影像。在几个月密集的训练下,她已经能够阻挡她真正的想法,而将她想要别人看到的影像强烈且清晰地投射出去。她也已经可以熟练地阻止灵媒得知她私下的想法，使灵媒们大惑不解。他们不相信她，但是却又找不出她证词中的虚假之处。所以我们可以清楚看到伊莎贝尔低低挥出了一连串拳头，却没有任何人意识到。

第一回合　右方交叉拳

第一个代表被告的证人是苏吉妲的先生里卡多·罗德里格斯。这个蠢蛋接受了贿赂，承认了布什先生的谋杀罪。伊莎贝尔答应他说，只要她赢了这场官司，并且拥有权力以后，她立刻会赦免他的罪。里卡多相信了她的话，还以为自己后半生会过着国王般的生活。但是他不知道伊莎贝尔的话根本不值一文，她才不会去帮助他哩。里卡多自己拿绳套往脖子上套，同时还说苏吉妲、艾苏其娜、罗德里戈、齐莱丽、提欧和胡利多等人是他的共犯，把这一干人全都拖了进去。

第二回合　猛攻肾脏

检方回应这第一拳用的是“前”艾苏其娜的证词，他详详细细地说明他参与布什先生、艾苏其娜和狄耶斯博士等人凶杀案的情形。他还说了他如何杀害每一个人的情形，并指控伊莎贝尔是主谋。陪审团员显然是被打动了，不只是因他叙述时诚恳的态度，也被那怀胎九月女人如天使般的外貌所感动。

第三回合　腰带以下！

为反击“前”艾苏其娜证词产生的正面效果，被告方传唤阿加皮多上了证人席。阿加皮多宣称，虽然“前”艾苏其娜和他一起涉及所有谋杀案，但是“前”艾苏其娜并不是依伊莎贝尔的命令行事，而是听命于他——阿加皮多。他声明自己才是这所有案件的主谋，如此一来就解脱了伊莎贝尔的一切责任。他说这些谋杀案都是他独自策划的。他无法对犯下这些罪行提出一个使人信服的动机，不过他一再强调他是照自己的意思行事的。这番证词使伊莎贝尔挽回不少优势。

第四回合　左方猛击！

下一位证人，检察官传唤苏吉妲，但是被告律师却试图取消她的证人资格。她做影评人的前世使她证词的可信度令人存疑。倒不是她做影评人这件事本身，而是因为她做影评人的动机是出于嫉妒。数不清的恶毒评论从她笔下产生；她恶意地干扰她所写到的每个人的生活。少数几次她写人好话，那也只是因为人情，不是出于公正的分析。此外，她的简历表上并没有显示出她已经偿付了前世业障。

苏吉妲一再声明她已经在偿付，因为她和她先生一起生活，而他那位仁兄可真是一等一的大混蛋，但是被告律师却以多份具结书反击这项声明，具结书中对里卡多·罗德里格斯说尽好话，把他比成了个圣人，还说有沧桑过去的是苏吉妲。苏吉妲十分光火，却也无计可施。

最让她恼火的是，她错失在虚拟实境摄影机前表演的机会了。她这一辈子都在为有一天会成为罪案证人的可能做准备。每次去市场，她都会把所有顾客的特征记下来，以便万一她需要向警方指认时用。不然她也会记下市场之行的每一项细节：蔬菜摊前有多少人、她旁边那个人买了多少橙子、她用的钱币是哪些面值的、她有没有和菜贩讨价还价、菜贩有没有拿刀威胁她等等。而还不止这些呢！

她的八卦心态使她也想到自己也有一天可能不是证人而是被害人，所以她也为这个万一的情况做了准备。她从不穿有破洞的内衣或裤袜出门，因为她很怕万一她被送到医院，医生脱掉她的外衣后发现她穿得有多邋遢。这会儿，所有的准备工作都付诸流水了！

第五回合　朝肾脏挥出的勾拳！

检察官因为前一位证人被斥退而感到泄气，于是他又传唤了齐莱丽到证人席。她的证词说不定会起到颠覆性的效果。她在狱中服刑、参与更生计划时，有的是时间检视前世。所以她很清楚她和伊莎贝尔的关系是怎样的。齐莱丽的证词从她在一五二一年那世生命开始。在那一世中，齐莱丽杀了伊莎贝尔刚生下来的婴儿，伊莎贝尔到死都恨着她。在下一世中，伊莎贝尔和她是兄弟，齐莱丽强暴了兄嫂，于是伊莎贝尔杀了她。

“爱的法则”在这时发挥了效用，为了平衡两人之间的关系，让她们生为母女，看这样密切的关系能否平息齐莱丽对伊莎贝尔的恨意。没有用。伊莎贝尔从没爱过她女儿。当她还是个小女孩的时候，伊莎贝尔还算容忍她，但齐莱丽一到青春期，伊莎贝尔就把她当成了敌人。在那一世里，伊莎贝尔离了婚。几年过去了，她遇见了罗德里戈，两人相爱。他们在齐莱丽还小的时候结婚，但是当齐莱丽成为一个年轻女人之后，令伊莎贝尔担忧的事发生了，罗德里戈开始用不同的眼光望着她。终于有一天，伊莎贝尔最害怕的事情发生了：罗德里戈和齐莱丽双双离家，成为情侣。

伊莎贝尔发现他俩住在市区中央一幢破旧的老房子里。齐莱丽怀有身孕，且疯狂地与罗德里戈相恋。伊莎贝尔对此极为光火，嫉妒使她失去理智。就在一九八五年大地震那一天，她去到那对恋人住的地方，不是去看女儿齐莱丽是否活着，而是想知道罗德里戈有没有在地震中保住性命。结果她发现两人都已死亡，但是在断垣残壁下，她发现了艾苏其娜——在那一世中，是她的外孙女——仍然活着。在愤怒中，她用一块石头打烂了婴儿的脑袋。

第六回合　腰带以下！

齐莱丽的证词不利于伊莎贝尔，不过，和往常一样，每当情势看起来她已经快被宣告打败之时，被告律师都会把情势做一百八十度的转弯，而使一些事实对伊莎贝尔有利。首先他问齐莱丽有什么证据可以支持她的证词。齐莱丽一样也没有。原因是几年前伊莎贝尔找到她，然后利用她在医院的时候在她的心中放入了程式，使她永远记不起她眼见伊莎贝尔犯下罪行的那几世生命。谁知道他们在更生计划里用了什么技术，竟然让她可以重返那些世。不过她虽然可以唤回那些世的记忆，但她的心灵却无法将这些记忆投射出来作为证据，因为伊莎贝尔封锁住了她投射影像的能力。唯一知道密码而能使这个程式无效的人是伊莎贝尔本人，而除非地狱的烈火已冷却，否则她是绝不可能泄露密码的。所以齐莱丽的证词到头来的效果就像暴风雨中的一片树叶。

不只这样，被告律师还坚称一九八五年的时候，伊莎贝尔根本不是伊莎贝尔，而是特蕾莎修女。他提醒陪审团说伊莎贝尔曾经是个圣人，演进的程度非常高，所以绝对诚实无欺。他请他们注视她的眼睛，以证实她并没有犯下被指控的罪名。

伊莎贝尔承受着那些灵媒能洞穿人心的目光，连眨也没眨一眼。陪审团在她眼中看不出一丝欺骗的迹象。伊莎贝尔笑了。每件事都如她所计划的一样。她很确定没有人能够证明任何对她不利的事。总统候选人辩论之前,她立刻要人将她脑中的微电脑取了出来。也没有她装过微电脑的证据。她还下令将她的房子炸掉,以免被人将屋墙拿去分析。屋墙可能会提供确凿的证据。幸而屋墙没留一点痕迹。

她唯一没有完全掌控到的事,是爆炸的程度。爆炸将她中庭地下的金字塔给炸出来了。不过那也不是很大的问题。警方未调查这件显然是针对她的谋杀案之前,她已经将"爱情金字塔"塔尖冠石从瓦砾中取走。这块石头是她仅剩的在意的东西。她把它拿到"瓜达卢佩圣女"神殿,丢进波其多池水中。她很肯定不会再有人找到它。只要"爱的神殿"不能发挥作用,人们只会注意到自己的爱,因为他们在水中除了看到自己的倒影外什么也看不到。没有别的地方比这里更理想了。既然永远也不会有人找到,也就不会有人用它去证明她的罪行。她感到心平气和。她在一九八五年用来打死艾苏其娜的玫瑰色石英石当然不可能浮出水面。

下一个提出证词的被告证人是卡蜜拉。她是真正让人认不出来了。在她母亲的总统竞选辩论过后的这段时间,她已完全改变。主要的原因是卡蜜拉遇见她姐姐艾苏其娜,而使她对于世界有了不同的看法。她俩的会面带来的好处是谁也想不到的。她们彼此喜爱,使得因为被接纳且被欣赏而感到快乐的卡蜜拉体重掉了五百二十八磅。

两人头一次见面是在"何塞·洛佩斯·基多感化院"的会客室里。艾苏其娜被判住院几个月。那几个月是她一生中最愉快的几个月，因为监狱人员对新入监犯人所做的第一件事就是检查，以确认他们心中堆积了多少的排斥和匮乏的爱。以这项检查结果为基础，发展出一项计划，以取代爱的匮乏，因为狱方人员明白缺乏爱是罪行、挑剔、攻击、仇恨的起源。

艾苏其娜服刑并没有受苦，她还很喜欢呢。在这所感化院里，一个人前世缺乏的爱越多，他所受到的疼爱就越多，这就是一种治疗。因为罪犯要借由爱和照顾才能重新融入社会。当然，如果在检验中发现一个罪犯并不是欠缺爱而是受到魔鬼的影响，那么那个人就要被送到“黑人杜拉松监狱”的“阿尔丰斯·卡邦纪念馆”，那里是专门为人驱魔的。

事实上胡利多就是遇到了这个情况。他们说他被魔鬼附身，说在他家里找到“一个巨型炸药军火库”，于是把他送去那里的监狱。其实才不是！所谓“军火库”，实际上只是胡利多在他制造的“星际斗鸡号”上所使用的一些爆竹而已，但是他无法使政府当局相信他的无辜，于是只好被送到纪念馆。罗德里戈、苏吉妲、“前”艾苏其娜、齐莱丽和提欧，全都像艾苏其娜一样，被押回“洛佩斯·基多感化院”，但是最后他们都有不错的表现，甚至他们的老友胡利多也是。

这两所机构的职员当中都有第一流的星理分析师。罗德里戈甚至还进行了恢复记忆的过程。有齐莱丽和他在一起，带给他极大的帮助。他俩被安置在一间夫妇套房里。借着身体的亲密行为，罗德里戈渐渐看到了自己的过去。当然，在记起眼见伊莎贝尔杀人那几世这件事上，他没有什么进展。星理分析师们并没有正确的密码，没有密码，他们就无法完全进入他的潜意识中。罗德里戈知道伊莎贝尔是唯一拥有解决之道的人。但是要怎么从她那里问出来？伊莎贝尔怎么看都像是打不倒的。

第七回合　往头部挥拳！

伊莎贝尔知道她要赢得这场战争了，因此十分平静地等着卡蜜拉的证词。谢天谢地，这孩子瘦了，她想。她不必再为她感到尴尬。卡蜜拉现在看起来挺可爱的，还引起不少艳羡的目光。伊莎贝尔为女儿感到骄傲，甚至要开始喜欢她了。

“你的姓名？”

“卡蜜拉·冈萨雷斯。”

“你和被告是什么关系？”

“我是她的女儿。”

“你和你母亲生活了多久？”

“十八年。”

“在这段时间当中，你知道她撒过谎吗？”

“有。”

一阵窃窃私语在法庭中散开。伊莎贝尔嘴部绷紧。被告律师完全没有料到这一点，这不在他的计划当中。

“在什么情况下？”

“很多情况。”

“你能不能说得更明确一点？举个例子吧。”

“当然。她告诉我说我是她的独生女。”

“难道不是吗？”

“不是，我有个姐姐。”

被告律师瞥了伊莎贝尔一眼。他对这个消息一无所知，但是他觉得不妙。这有可能会成为很危险的东西。伊莎贝尔张口结舌。她无法想象卡蜜拉从哪里弄来的这个消息。

“你为什么这样说？”

“罗沙里欧·查维斯告诉我的。”

“就是你母亲最近才辞退的保镖吗？”

“是的，就是他。”

“而你相信一个显然是对被辞退怀恨在心的人告诉你的消息吗？”

“抗议！”检查官大喊。

“抗议有效。”法官裁定。

因此卡蜜拉不用回答这个问题。被告律师揩了揩眉毛。他不知道该如何从这个一跤跌进的混乱中抽身。

“你认为这位罗沙里欧·查维斯先生是个可以信任的人吗？”

“不只是可以信任，我认为他是我真正的母亲。”

惊叹声在法庭里此起彼落。“前”艾苏其娜激动地哭着。他从没料到自己代理母亲的角色会受到公开的肯定。伊莎贝尔的镇静到这一刻也崩溃了。混账小肥猪，有你好看的！她想。伊莎贝尔向她的律师做了个手势，后者赶忙过去和她商议。伊莎贝尔在他耳边低声说了几个字，律师转身向着证人，提出一个有力的问题：

“你一生都长得很肥胖，这是不是真的？”

“是真的。”

“为此你和母亲之间产生许多争执和冲突，这是不是真的？”

“是真的。”

“那么你会因为母亲可以尽情吃任何东西都不会发胖而非常嫉妒她，这是不是真的？”

“是的。”

“那你就因为这个原因而决定出庭作不利于她的证词以报复，即使你没有方法证明你所说的是真实的，这是不是真的？”

“抗议！”检查官叫道。

“抗议有效。”法官说。

卡蜜拉知道她可以不用回答这个问题，但是这次她想要回答。

“法官大人，我想回答这个问题，可以吗？”

“说吧。”

“第一，我愿意出庭作证的动机是希望见到正义得以伸张。我已经不再有什么事好去嫉妒人了，因为现在，各位也都看见了,我比她还要瘦。其次,我有一个方法证明我说的事。”卡蜜拉从手提袋上取下一块有铅框的玻璃,交给法官。“我想提出这片彩绘玻璃作为证物。如果您将它作分析,您就会知道我没有撒谎。”

卡蜜拉非常聪明。第一,她在“前”艾苏其娜的请求下,趁伊莎贝尔还没下令把房子炸掉以前先拿走了窗上一部分的彩色玻璃;第二,她把它当成证物,证明伊莎贝尔在她有没有姐姐这件事上骗了她。为了获得这块玻璃见过的事件影像,法庭下令对它的历史——从它被制造完成到现在——做一次完整的分析。

在这项分析的过程中,伊莎贝尔的罪行一项项被揭露了。首先出现的是一八九〇年发生的事。这块彩色玻璃从它有利的位置上见证了男性伊莎贝尔潜进男性齐莱丽强暴女性罗德里戈的房里,并呈现出伊莎贝尔拿刀刺进齐莱丽后背的清楚影像。这个影像符合电视辩论那天全球观众看到的那一幕,唯一不同之处只是所见角度的不同。接着,一九八五年加害艾苏其娜的那一幕也出现了。这些画面比较模糊,因为彩色玻璃和房里所有其他东西一样,由于地震而摇晃不已。不过从它那高高的位置上,它还是看到了罗德里戈跑进卧室抱起女儿的情形。但是他还来不及带着女儿一起逃出,一根大梁当场倒下压死了他。接着是沙尘和一片黑暗。下一个影像是伊莎贝尔进到房里,发现罗德里戈和齐莱丽已死在瓦砾之中。然后她的注意力被正在啼哭的婴儿所吸引。伊莎贝尔走过去，看到她没有受伤，然后她用双手抬起一块大的玫瑰色石英石，残忍地砸向婴儿的小脑袋。画面上用惨不忍睹的详细方式显示出伊莎贝尔在那一刻的冷酷表情，而那时她比这世的此刻还要年轻几岁。没有人可以否认伊莎贝尔确实就是杀害那个婴儿的凶手！

最后是二一八〇年的画面，她怀里抱着一个婴儿。在房里等着她的是占用艾苏其娜身体前的罗沙里欧·查维斯。只见伊莎贝尔把小女孩交给他，命令他把她分解一百年。罗沙里欧抱起孩子离开了房间。

第八回合　击倒！

伊莎贝尔完了！辩方已经词穷。检查官请求法官允许他质问艾苏其娜·马丁内兹。他解释说艾苏其娜正是伊莎贝尔下令要杀掉但幸运地活了下来的人。她此刻在场要提出她的证词。法官同意了。艾苏其娜被引进法庭。走到证人席之前，她停了下来，卡蜜拉上前深情地搂了她一下。

伊莎贝尔感觉到力量已从身上流失。她的女儿竟然还活着！这么说来，她仍然没能战胜命运了。她的牙齿直打战，像响板一样。她可以感到耻辱已经近在身边，使她怕得全身麻木。她无法接受情势的逆转，也不想再看下去，但是好奇心使她转过头去头一次打量女儿艾苏其娜。她简直不敢相信这个刚走进法庭里的老太婆是她女儿。这是怎么一回事？艾苏其娜宣誓过后，检查官开始问询。

“你的姓名？”

“艾苏其娜·马丁内兹。”

“你的职业？”

“我是星理分析师。”

“这表示你不断地介入他人前世的生活当中，是吗？”

“是的。”

“你可曾希望经历你病人们生活的一部分？”

“抗议！”被告律师大喊。

“抗议无效。”法官宣布。

“有的。”

“你可不可以告诉我们是什么时候？”

“可以。只要是他们在他们母亲照顾下有个快乐的童年时。”

“为什么呢？”

“因为我母亲在我幼小时就抛弃了我。我从来也不知道她是谁。”

“如果你遇到她，你会不会埋怨她抛弃了你？”

“要是以前，在我进感化院之前，我会。”

“为什么你在那里待过会改变你的想法？”

“我不只原谅我母亲抛弃了我，也原谅她两次把我害死。”

艾苏其娜望着伊莎贝尔的方向，她那双失明的眼中闪闪发亮。伊莎贝尔被她强烈的目光所震慑。艾苏其娜说的是实话，她心中没有仇恨。从没有人以爱意注视过伊莎贝尔，她身边的每个人都是怀着恐惧、敬意或不信任的目光看着她。伊莎贝尔再也受不了，终于痛哭流涕。她的罪恶日子结束了。

“我保证从今起遵守并实行‘爱的法则’。”伊莎贝尔虽不情愿，但不得不说出这些话，这时她的审判已宣告结束。她的徒刑之一是被任命为柯玛星领事。从现在起她有一项任务，就是教导柯玛星人了解“爱的法则”。

受她的话影响最大的人是罗德里戈和齐莱丽，因为要打开他们记忆的密码，正是要由伊莎贝尔口中说出“爱”这个字。当罗德里戈听到它的时候，他觉得自己像是大雨停止那天的诺亚。他心上的重重压迫感消失了；那种挥之不去的应该把某样东西归回原处的感觉也不见了。他深吸了一口气，感到深刻的平静。他双眼凝视艾苏其娜的双眼，两人之间闪现光芒。他立刻就认出她是他的绝配灵魂。两人再次经历了初见时的完整情感，只除了这一次身旁还有一群观众。天籁消逝后，满腔爱火的罗德里戈请求艾苏其娜当天就嫁给他。他俩的朋友全都陪他们到瓜达卢佩神殿。他们到那里的第一件事就是去到波其多泉水旁进行仪式，罗德里戈才刚弯身去掬起泉水，就看到水中那“爱的金字塔”上的冠石。

他们将玫瑰色石英石安回原位时，远处海螺号角的音符也响了起来。空气中充满熟玉米饼和新烤面包的香味。特诺奇提特兰城出现在他们面前，接着是殖民时期的墨西哥城叠于其上，而后在一个特异的现象中，两座城市合二为一。

纳瓦诗人的吟唱声和西班牙僧侣的诵祷声齐唱着。所有在场者的双眼都能够毫无疑惧地深深凝视着彼此。在那一瞬间，所有人的心全都蕴含着等量的"神圣的爱"。每个人都感觉到自己是一个整体的一部分。爱像闪电般击中他们，穿透体内各个空间。这些血肉之躯不时会收纳不住，爆发出来，使皮肤一阵刺痛。诚如苏吉妲所说，这真是个"令人警卫"[①]的景象。

CD第十一首

① 苏吉妲常用词不当，故将"敬畏"误说成"警卫"。

CD
第十一首

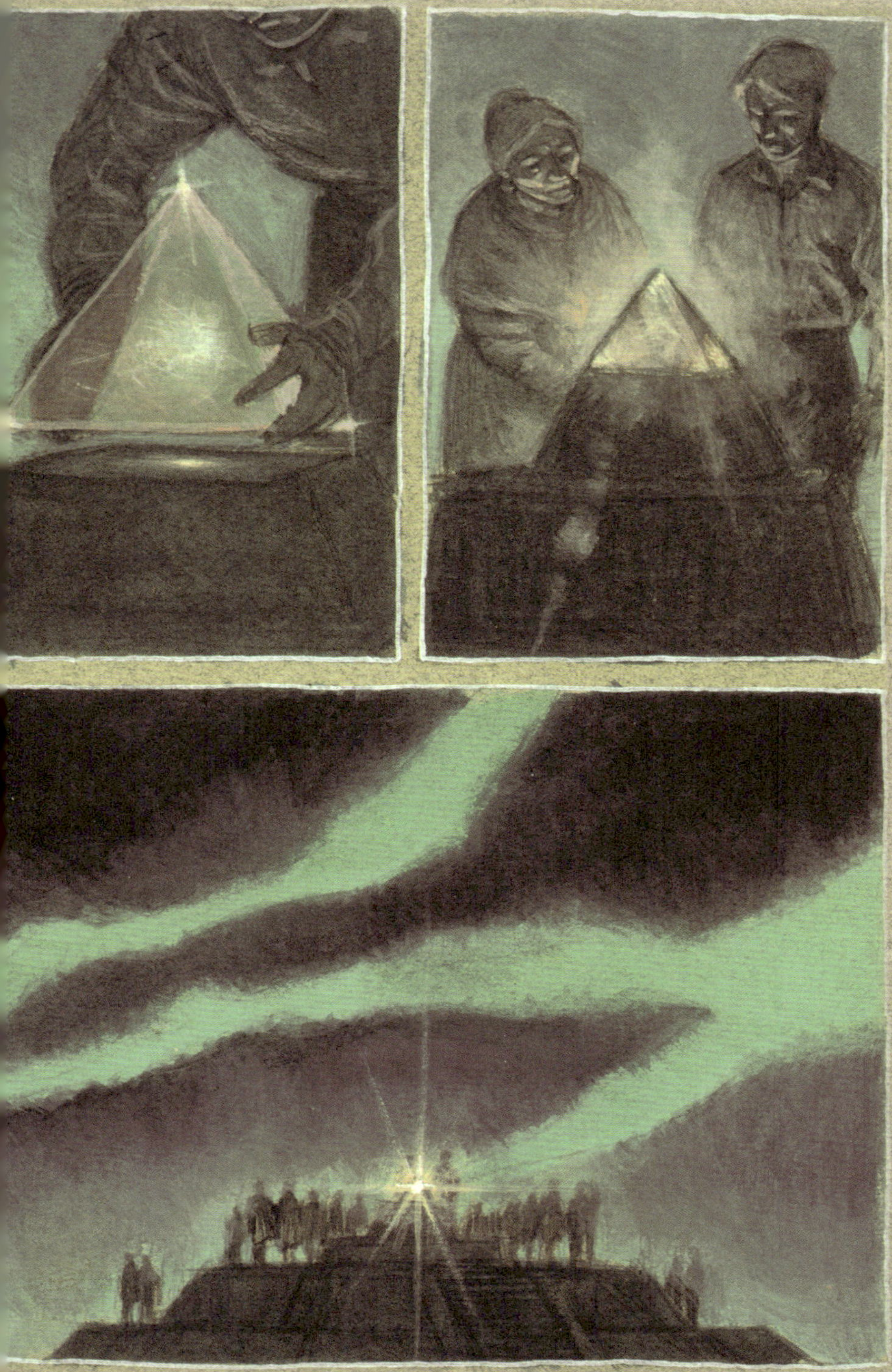

像一场飓风，爱将积怨、仇恨全部吹散，不留一丝痕迹。没有人记得自己怎会和所爱的人越走越远。转世的雨果·桑切斯忘了梅义亚·巴隆医生不准他去打一九九四年的世界杯；苏吉妲忘了这些年来丈夫对她的殴打；卡蜜拉忘了伊莎贝尔老骂她是头猪；胡利多忘了他只喜欢肥臀的女人；猫儿忘了它们讨厌老鼠；巴勒斯坦人忘了对犹太人的仇恨。突然间世界上没了种族歧视者，也没了折磨别人的人。躯体忘了刀伤、枪伤、裂口、踢伤、苦刑、打伤，而用每个毛孔迎接爱抚和亲吻。泪腺准备流出欢欣的泪水；喉头准备发出快乐的啜泣；嘴部的肌肉准备牵引出最大的笑容；心脏肌肉准备扩张再扩张，直到发出最纯的爱意为止——就像是“前”艾苏其娜的子宫。

他的时辰已到。在爱的喧嚷中，他生下了一个漂亮的女婴。生下她时他没有感到一丝疼痛，她在绝对的和谐当中出生，来到的这个世界是张开双手欢迎她的，因此她没有哭号的理由。“前”艾苏其娜也没有理由再待在世界上了：生产过后，他的使命已达成。他充满爱意地和他的女儿道别后，眨了眨眼睛便去了。

罗德里戈将婴儿交给艾苏其娜，她温柔地紧抱着她。她虽看不到婴儿，但是她知道她的长相。艾苏其娜全心全意希望能有个年轻的身体好照顾这个女婴。众神也怜悯她，于是准许她重回以前的躯壳，作为她为完成使命所作努力的回报。

艾苏其娜重回自己的躯壳后，阿纳克雷翁特的任务也完成了。他已可以自由离开，好好享受他的蜜月。在审判期间，他追求帕瓦娜，如今两人才刚刚结婚。莉莉丝嫁给了玛蒙。几个月后，前两位生下一个很可爱的小天使；后者则产下一个有酒窝的小魔鬼。

地球上人人幸福快乐。齐莱丽找到了她的绝配灵魂。苏吉妲也找到了。提欧升了官。卡蜜拉发现自己无可救药地爱上了胡利多，两人一刻也不耽误立刻结了婚。秩序终于重建，所有疑虑都消失了。艾苏其娜后来得知她被派负起恢复"爱的法则"的使命，作为对她的惩罚一部分。她曾经是有史以来最凶恶的杀手，因为她曾以氢弹炸毁三颗行星。但是慷慨大度的"爱的法则"给了她恢复平衡的机会。她终于做到了，众人全蒙受其利。

我察觉了秘密，隐密的事，

噢，你哪，我们的主！

我们因此是：

我们是凡人，

因为人人是凡人，

我们必须离去，

我们必须亡于地球……

如一幅画，我们将不断褪色。
如一朵花，
我们亦将枯萎，
枯萎在这世上。
如珍禽羽饰，
我们必将不存……
想想看，神哪……
狮子与老鹰，
就算你是玉制
就算你是金雕，
你仍然要去彼处，
去到那凡尘之外。
我们终将全数消逝，
无一留驻。

"新西班牙谣曲"，36r
内萨瓦尔科约特尔
《阿兹特克世界的十三位诗人》
米格尔・莱昂—波蒂略

CD曲目

1. 爱情二重唱 ** 3:02

选自《蝴蝶夫人》/ 普契尼

Vogliatemi Bene (Dueto de amor)/frag. **

Madam Butterfly / G. Puccini (Casa Ricordi BMG S.p.A.)

2. 玛拉 3:27

Mala

(Liliana Felipe / Ed. El Hábito)

3. 布隆但加 2:14

Burundanga

O. Bouffartique (Morro Music Corp. c/o EMI UNART Catalog［BMI］)

4. 噢,亲爱的爸爸 * 2:33

选自《贾尼・斯基基》/ 普契尼

O Mio Babbino Caro *

Gianni Schicchi / G. Puccini (Casa Ricordi BMG S.p.A.)

5. 公主彻夜未眠 * 2:47

选自《杜兰朵公主》/ 普契尼

Nessun Dorma *

Turandot / G. Puccini (Casa Ricordi/Hendon Music Inc. [BMI])

6. 无人 3:36

A Nadie

(Liliana Felipe / Ed. El Hábito)

7. 没有妈妈 ** 2:49

选自《修女安杰丽卡》/ 普契尼

Senza Mamma (frag.) **

Suor Angelica / G. Puccini (Casa Ricordi BMG S.p.A.)

8. 圣米迦勒大天使 5:15

San Miguel Arcángel

(Liliana Felipe / Ed. El Hábito)

9. 三名男子和一辆马车 * 3:42

选自《托斯卡》/ 普契尼

Tre Sbirri. Una Carrozza. (frag.) *

Tosca / G. Puccini (Casa Ricordi BMG S.p.A.)

10. 他们的恩赐 6:26

A Su Merced

(Liliana Felipe / Ed. El Hábito)

11. 终曲 ** 2:13

选自《杜兰朵公主》/ 普契尼

Finale **

Finale: Saludo Caracolas—Quetzalcoatl, 4 elementos

Canto Cardenche; Versos de Pastorela (flag.)

(Irene Vázquez Valle / Record Library of INAH)

"Diecimila anni al nostro Imperatore !" (frag.)

Turandot / G. Puccini (Casa Ricordi/Hendon Music Inc.[BMI])

编曲：* 塞尔希奥·拉米雷斯 (Sergio Ramírez)

** 德米特拉·杜丁 (Dmitri Dudin)

演出者

普契尼作品

女高音:蕾吉娜·奥罗斯科 (Regina Orozco)

男高音:阿曼多·莫拉(Armando Mora)

下加利福尼亚管弦乐团(Orquesta de Baja California)

指挥:爱德华多·加西亚·巴里奥(Eduardo García Barrios)

管弦乐作曲:塞尔希奥·拉米雷斯*(Sergio Ramírez)*

德米特拉·杜丁**(Dmitri Dudin)**

美术及音乐指导:爱德华多·加西亚·巴里奥(Eduardo García Barrios)

乐队首席:伊戈尔·德赫其科(Igor Tchetchko)

第一小提琴:塔蒂亚娜·弗里兰(Tatiana Freedland)

亚赖其·得瑞林(Alyze Drelling)

第二小提琴:琼·杨(Jean Young)

希瑟·法兰克(Heather Frank)

中提琴:莎拉·马伦(Sara Mullen)

辛西娅·塞伊(Cynthia Saye)

大提琴:奥马尔·费尔斯通(Omar Firestone)

低音提琴:狄恩·费雷尔(Dean Ferrell)

长笛:塞巴斯蒂安·温斯顿(Sebastian Winston)

双簧管:鲍里斯·格卢斯曼(Boris Glouzman)

单簧管:弗拉迪米尔·戈欠茨曼(Vladimir Goltsman)

亚历山大·古列维其(Alexandr Gurievich)

低音管:帕维尔·盖特门(Pavel Getman)

法国号:简·斯瓦纳曼(Jane Zwerneman)

小号:乔·戴克(Joe Dyke)

长号:洛伦·马斯泰勒(Loren Marsteller)

钢琴:奥莱娜·盖特门(Olena Getman)

竖琴:埃莱娜·马什科夫次瓦(Elena Mashkovtseva)

打击乐器:安德瑞·特恩宁雪夫(Andrei Thernishev)

艾伦·西尔弗斯坦(Alan Silverstein)

"没有妈妈"嘉宾音乐家:

中提琴:宝拉·西蒙斯(Paula Simmons)

大提琴:瑞娜塔·布雷特(Renata Bratts)

合唱演出者:

"墨西哥统一基督徒"乐团及"下加利福尼亚管弦乐团"合唱研习团团员(Unidad Cristiana de México A. R. and members of the choral workshop of the Orquesta de Baja California)

嘉宾独唱:劳拉·索沙(Laura Sosa)

螺号(Conches)及塔拉胡梅拉鼓(tarahumera):阿娜·路易莎·索利斯(Ana Luisa Solís)

录音工程师:路易斯·吉尔(Luis Gil)

塞尔希奥·拉米雷斯（Sergio Ramírez）
助理工程师:路易斯·科尔特斯（Luis Cortés）
制作助理:蕾娜妲·拉莫斯（Renata Ramos）
录制时间:一九九五年秋　录制地点:提华纳（Tijuana）

丹松舞曲 (DANZONES)

作曲及主唱:莉莉安娜·菲利佩（Liliana Felipe）
乐团:狄马斯丹松舞曲乐团（Danzonera Dimas）
指挥:菲利佩·佩雷斯（Felipe Pérez）
编曲:莉莉安娜·菲利佩（Liliana Felipe）
迪米特里·杜丁（Dmitri Dudin）
次中音萨克管:阿马多尔·佩雷斯（Amador Pérez）
中音萨克管/单簧管:费利克斯·纪廉（Félix Guillén）
中音萨克管/单簧管:安德烈斯·马丁内斯（Andrés Martínez）
中音萨克管/单簧管:埃洛伊·洛佩斯（Eloy López）
小号:菲利佩·卡斯蒂略（Felipe Castillo）
贝贝·米拉（Pepe Millar）
艾布尔·加西亚（Abel García）
长号:佩德罗·得埃萨（Pedro Deheza）
钢琴:奥雷利奥·加利西亚（Aurelio Galicia）
贝斯:大卫·佩雷斯（David Pérez）
打击乐:伊波利托·冈萨雷斯（Hipólito González）

沙锤（Maracas）：保利诺·里韦罗（Paulino Rivero）

布隆但加 (BURUNDANGA)

主唱：欧亨尼娅·莱昂（Eugenia León）

乐队：La Rumbantela

指挥：奥斯曼尼·帕雷德斯（Osmani Paredes）

录音工程师：路易斯·吉尔（Luis Gil）

制作主任助理：蕾娜妲·拉莫斯（Renata Ramos）

录制时间：一九九五年秋

录制地点：墨西哥市 Peerless's Pedro Infante 录音室
及 El Cuarto de Máquinas 录音室

制作人：劳拉·埃斯基维尔（Laura Esquivel）

制作主任：安妮特·费拉德拉（Annette Fradera）

Musicomedia S. C. / México